崇賢館

崇賢善本

崇賢善本

壬辰仲秋京師崇賢館刊

崇賢館記

崇賢善本

太初混沌盤古開天辟地斗轉星移萬象其命維新炎黃先祖崛起東方篳路藍縷以啓山林華夏文明源出細水涓涓日夜不息匯爲浩浩江海上古有河圖洛書之説先民有結繩書契之作自夏商以降至於隋唐我先人以玉飾甲骨鐘鼎簡牘碑碣帛書刻錄文明歷程纘續堯舜禹湯文王周公孔子諸聖賢道統斯文郁郁盛世生焉

至唐貞觀間太宗爲繼往聖之學風厚生之化開太平之世始設崇賢館任學士校書郎各二人掌管經籍圖書並教授諸生光陰箭越千年二十世紀尾聲有諸同道矢志復立崇賢館旨於再造盛唐輝煌興廢繼絕金聲玉振集歷代之英華樹中天之華表以最中國之形式再現最中國之內容俾言簡義豐溫厚和平墨香紙潤之中國書卷文化福澤今日之世界復立伊始茫茫求索久立而有待來者漸至天下翕然而慕國學當是時幸得國學之師季羨林啓功馮其庸傅璇琮及著名文史學家毛佩琦任德

山余世存國藝方家王鏞林岫等諸先生擔當學術顧問肩荷指點迷津遙斷翼軫之重責

先賢典籍流傳粲然可見北宋一朝蔡倫高足安徽宣城孔丹創棉白佳紙宣紙因而得名中國造紙術隨後惠澤東西方文化傳播宣紙典籍體輕而久壽逐漸引領版刻盛行宋版之精嚴而高貴元版之景宋而厚重明版之繁盛而不齊清版之集古而爲新今崇賢館志承歷代版刻精髓精研歷代善本風貌礪成鑄鼎之作曰崇賢善本其館刊典籍涵蓋

經史子集四部精華並書畫真跡碑刻拓片及今人解經學人蹊徑可謂囊經天緯地之道攬修身齊家之學堪爲現代收藏之冠冕極品亦爲今人重塑私德之權威善本

崇賢善本皆循宋代工藝選安徽涇縣有紙中黃金美譽之手工宣紙製作裝幀集材綾面絹簽沿襲古法雕版琢字均出名典莊重雅致古色生香考工記云天有時地有氣材有美工有巧斯乃術工與藝術俱臻高妙之境界書卷文化之真精神洋裝書

雖彌漫當際崇賢善本卻能卓爾不群魯迅先生曾有比喻洋裝書拿在手裏像舉磚頭遠不如看綫裝書方便中華先烈文稱風騷武崇儒將書卷之氣爲其獨有之美然不讀綫裝古籍難鑄高華之美綫裝書卷在手或坐或臥思緒如泉潺潺不斷心性高貴至極卻不顯一絲張揚是故崇賢館十數年如一日竭誠舉倡重構綫裝中國國學進入生活尋常百姓之家當見縹囊飄香廣厦重閣之府更是卷盈緗帙隨手展卷有人倫之準式傳世之華章賢人之嘉言生活之寶鑒人人可漱六藝之芳潤可浸高古之氣華

朝代依序更迭時光似川流逝次第顧尋鼎食深院閭閻人家皆門書禮儀傳家久詩書繼世長國學經典連綿千祀然而形殊勢禁古今不同失之毫釐謬以千里時人熱捧國學然忌入玄玄歧途惟汲納百家之長融鑄方以補天勿忘戊戌維新之殤是爲殷鑒彙通儒家之禮樂規章道家之取法自然佛家之修心禪定法家之以法治國兵家之正合奇勝加

之國藝，國史深研，修行方能據於德，依於仁，游於藝，經世致用，知行合一，退可以善道，進可以兼濟。高品生活人所共求，今人之所憂嘆，先哲業已冥思而開示。吾輩俯仰間，應崇聖賢者，欣欣然咏而歸之樂也。

展觀宇內，商潮必資乎文明，方能發五色之沃采，惠億衆之福祉。古往今來，熙熙攘攘者，道統孰繼。崇賢館倡言新國學，新閱讀，新收藏，新體驗。同仁塑夢，終期館內垂髫幼童讀書琅琅，舞象少年飛文染翰，窈窕淑女繪綉撫琴，域內外大雅鴻儒，絶藝名家，群賢畢至，於斯爲盛。再拜天下之甘爲中國傳統文化推廣者，播仁普智，勵勇可喜可嘉，漫漫長路，舉足爲始。崇賢館主李克敬敍宗旨。沐浴執筆，壬辰中秋記於京華。

三國誌

冊一

（晋）陳壽撰

白山出版社

前言

風雲變幻、刀光劍影的三國時代，文争武鬥，英傑輩出。三國鼎立，終歸于晉，那一幅幅蕩人心弦的歷史畫面凝固遠去。這個時代，是中國五千多年文明史中短暫的一段，却又是讓人心馳神往的精彩一段。

人們憧憬那段風起雲涌的歷史，渴望瞭解那些血濺山河的英傑，但是我們也應知道，三國時代不單單是一個亂世英雄的舞臺，豪傑角逐也並不是這段歷史的全貌。當你讀膩了《三國演義》，當你不再僅僅滿足于三國故事，當你想探尋三國歷史真面目的時候，《三國誌》無疑是最佳的選擇。

晋人陳壽，以一個中國史官的歷史責任和獨立精神，用最簡練的語言述評了這個戰禍紛亂的時代，客觀地記録了那些歷盡成敗榮辱的武勇智術之人。《三國誌》這部記載魏、蜀、吴三國鼎立的紀傳體國别史巨著，一問世便受到了當時人們的好評。它不但使早先問世的王沈《魏書》、韋昭《吴書》等等黯然失色，就連與陳壽同時的著名史家夏侯湛看到《三國誌》，認爲没

有另寫新史的必要，就毁棄了自己正在撰寫的新《魏書》。陳壽死後，尚書郎范頵上表説：「陳壽作《三國誌》，辭多勸誡，明乎得失，有益風化，雖文艷不若相如，而質直過之，願垂采録。」

大浪淘盡始到金，隨着時間的流逝，其他各家的三國史相繼泯滅無聞，衹有《三國誌》一直流傳到現在。然而，《三國誌》不僅是一部史學巨著，更是一部文學巨著。在尊重史實的基礎上，陳壽以簡練、優美的語言，爲我們繪製了一幅幅生動鮮活的三國人物肖像圖。

我們此次重新整理編輯《三國誌》的初衷，是讓讀者在最短的時間内領略到這部巨著的精華，瞭解到這段歷史的大概，使讀者在輕鬆的氛圍中獲得知識，激發更大的閱讀興趣。爲此，我們在原文之後加了注釋和譯文，掃除閱讀的障礙。特别指出的是，在《三國誌》中出現了大量的人名、地名，即便是研究歷史的專業人士也不容易識别，我們在書中會對其加以注釋，例如「淮南：國、郡名。漢初爲淮南國，魏國改爲淮南郡。」「湖陽：縣名，在今河南省葉縣南。」我們希望通過這些努力，使讀者不僅可以身臨其境般感受歷史争鬥的激烈，更可以增加歷史、地理知識，提高自己的古文素養。

打開此書，讀者就能欣賞到隨文配加的精美版畫插圖。這些插圖來自明天然撰《歷代古人像贊》、清康熙間兩衡堂刊本《李笠翁批閱〈三國誌〉》、清康熙年間蟻蔭堂刊本《李卓吾先生批評〈三國誌〉》、光緒二十五年上海文益書局出版的《〈三國誌演義〉全圖》、《馬駘畫寶》等各種古籍善本。這些版畫清晰生動，爲讀者營造了良好的閱讀氛圍，使閱讀成爲一種藝術的享受。

中國人不僅重視歷史的記録和流傳，也渴望在歷史的沉澱中尋找真諦，因此史書成爲歷代中國人的必修書目。《三國誌》，位列中國古代二十四史中，與《史記》、《漢書》、《後漢書》並稱「前四史」，成爲人們讀史、學史的必讀經典。我們此次編輯《三國誌》，希望把讀者引入中國史學的殿堂，讓讀者領略史學的恒久魅力，使其真正走入尋常百姓家。

崇賢館

三國誌目録

魏書

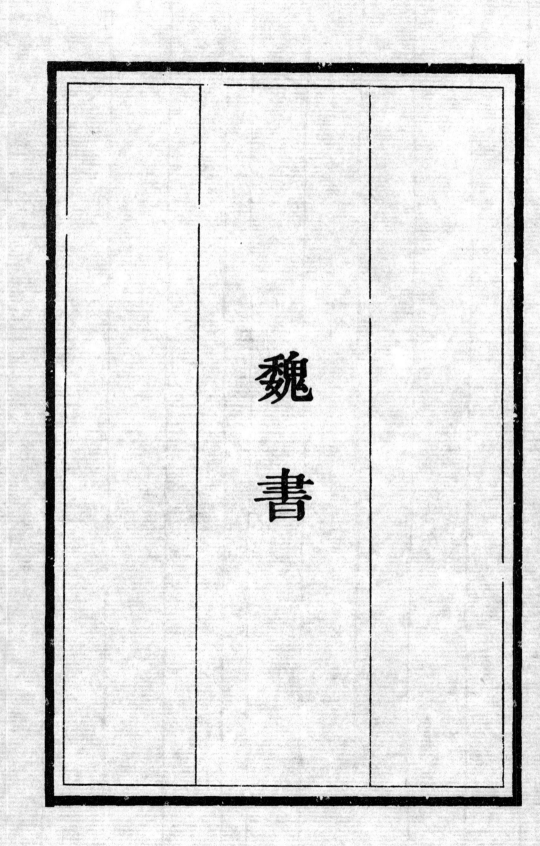

王沈《魏書》曰：「其先出于黃帝。當高陽世，陸終之子曰安，是爲曹姓。」

《魏書》曰：「太祖從妹夫强侯宋奇被誅，從坐免官。」

武帝紀

原文

太祖武皇帝，沛國譙人也，姓曹，諱操①，字孟德，漢相國參之後。桓帝世，曹騰爲中常侍大長秋，封費亭侯。養子嵩嗣②，官至太尉，莫能審其生出本末。嵩生太祖。太祖少機警，有權數③，而任俠放蕩，不治行業④，故世人未之奇也；惟梁國橋玄、南陽何顒異焉。玄謂太祖曰：「天下將亂，非命世之才不能濟也⑤，能安之者，其在君乎！」年二十，舉孝廉爲郎，除洛陽北部尉，遷頓丘令，徵拜議郎。

注釋

①諱：避諱，古代對帝王和長輩不能直接稱呼名字，表示尊敬。②嗣：繼承。③權數：謀略，權術，有隨機應變和善于出謀劃策的才能。④行業：操行，學業。⑤濟：幫助，拯救。

譯文

魏太祖武皇帝是沛國譙縣人，姓曹，名操，字孟德，相傳是西漢相國曹參的後代。漢桓帝時，曹騰任中常侍大長秋，被封爲費亭侯。曹騰的養子曹嵩繼承了爵位，官職做到太尉，但是人們根本搞不清楚他的來龍去脈。曹嵩生子曹操。

曹操少年時就很機警，富于權謀，但由于喜好行俠，任性放縱，不注重品行和學業，所以當時的人們並不覺得他有什麼出奇的地方，衹有梁國人橋玄和南陽人何顒覺得他不一般。橋玄曾對曹操說：「天下快要大亂了。沒有蓋世才能是不能拯救國家的。能安定天下的人，大概就是您吧。」曹操二十歲時，被推舉爲孝廉做了郎官，被任命爲洛陽北部尉，又升任頓丘令，被徵召爲議郎。

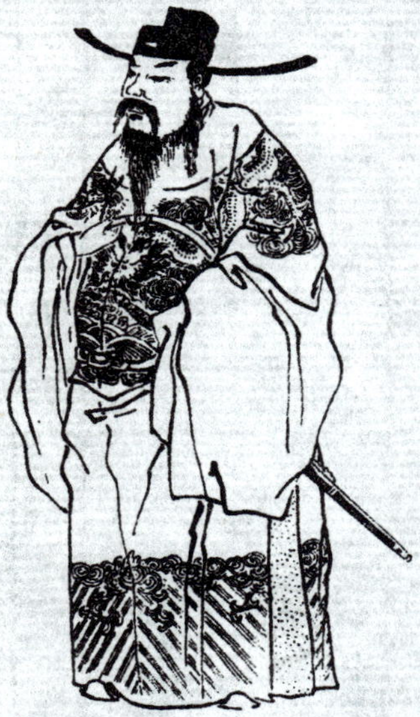

曹操

曹操，字孟德，小名阿瞞。東漢末年傑出的政治家、詩人。他「少機警，有權數」，中年即「運籌演謀，鞭撻宇內」，滅北方之割據豪强。被人稱爲「治世之能臣，亂世之奸雄」。

原文

光和末，黃巾起。拜騎都尉，討潁川賊。遷爲濟南相，國有十餘縣，長吏多阿附貴戚①，贓污狼藉②，于是奏免其八；禁斷淫祀③，奸宄逃竄，郡界肅然。久之，徵還

發矯詔諸鎮應曹公

公元一八九年，曹操得知董卓殺死太后和弘農王後，立即到陳留「散家財，合義兵」，得到各路豪傑的響應。待一切準備妥當後，這年十二月，曹操于己吾起兵誅殺董卓。

爲東郡太守④；不就，稱疾歸鄉里⑤。頃之，冀州刺史王芬、南陽許攸、沛國周旌等連結豪傑，謀廢靈帝，立合肥侯，以告太祖，太祖拒之。芬等遂敗。金城邊章、韓遂殺刺史郡守以叛，衆十餘萬，天下騷動。徵太祖爲典軍校尉。會靈帝崩，太子即位，太后臨朝。大將軍何進與袁紹謀誅宦官，太后不聽。進乃召董卓，欲以脅太后，卓未至而進見殺。卓到，廢帝爲弘農王而立獻帝，京都大亂。卓表太祖爲驍騎校尉，欲與計事。太祖乃變易姓名，間行東歸。出關，過中牟，爲亭長所疑，執詣縣，邑中或竊識之，爲請得解。

卓遂殺太后及弘農王。太祖至陳留，散家財，合義兵，將以誅卓。冬十二月，始起兵于己吾，是歲中平六年也。

注釋 ①阿附：附和、迎合。②狼藉：散亂不整齊。③淫祀：不合禮制規定的祭祀，這裏指豪强濫設的祠廟。④就：就職。⑤鄉里：這裏指故鄉。

譯文 漢靈帝光和末年（公元一八四年），黃巾軍起義。朝廷任命曹操做騎都尉，去征討潁川的賊寇，曹操因功升任濟南國相。濟南國下屬有十幾個縣，各縣的長官大多阿諛依附貴族和皇親，貪污受賄，聲名狼藉。鑒此，曹操上奏，罷免了其中的八個縣官；又禁止過分的、不合禮制的祭祀。爲非作歹的人逃走了，郡國境內平靜有秩序。之後很久，他才被朝廷徵召回去，任命爲東郡太守。曹操沒有去上任，稱病回到家鄉去了。

不久，冀州刺史王芬、南陽人許攸、沛國人周旌等人聯絡各地豪傑，陰謀廢除漢靈帝，立合肥侯爲皇帝。他們把這個計劃告訴了曹操，曹操拒絕參與，王芬等人隨即就失敗了。金城人邊章、韓遂殺了刺史與郡守，發動叛亂，擁有十多萬軍隊，全國因此震動不安。朝廷徵召曹操任典軍校尉。當時漢靈帝去世，太子做了皇帝，太后臨朝聽政。大將軍何進和袁紹商議要誅殺宦官，太后不答應。何進就把董卓調來，想要用軍隊逼迫太后同意。董卓還沒有到，何進就被殺害了。董卓來到後，把皇帝廢黜爲弘農王，另立了漢獻帝。京城因此大亂。董卓上奏章，推薦曹操任驍騎校尉，想和他共同商議政事。曹操就改換了姓名，從小路逃回東方。曹操出了虎牢關，經過中牟縣時，受到亭長的懷疑，被抓起來送到縣裏。縣裏有人暗地裏認出了他，替他說情，才得到解脫。董卓不久就殺死了太后和弘農王。曹操到了陳留，散發家財，聚集義兵，準備討伐董卓。冬季十二月，曹操在己吾首先發兵，這一年是中平六年（公元一八九年）。

原文

初平元年春正月，後將軍袁術、冀州牧韓馥、豫州刺史孔伷、兗州刺史劉岱、河內太守王匡、勃海太守袁紹、陳留太守張邈、東郡太守橋瑁、山陽太守袁遺、濟北相鮑信同時俱起兵，衆各數萬，推紹爲盟主①。

太祖行奮武將軍②。

二月，卓聞兵起，乃徙天子都長安。卓留屯洛陽，遂焚宮室。是時紹

《英雄記》曰：「匡字公節，泰山人。輕財好施，以任俠聞。」

《英雄記》曰：「瑁字元偉，玄族子。先爲兗州刺史，甚有威惠。」

遺字伯業，紹從兄。爲長安令。

曹洪

曹洪，字子廉，爲曹操從弟，三國時曹魏名將。曹軍爲董卓部將徐榮所敗，曹操失馬，曹洪曾捨命獻馬並救護曹操，使曹操免于厄難。後多隨軍征伐，咸有功勞。

屯河內，邈、岱、瑁、遺屯酸棗，術屯南陽，伷屯潁川，馥在鄴。卓兵強，紹等莫敢先進。太祖曰：「舉義兵以誅暴亂，大衆已合，諸君何疑？向使董卓聞山東兵起，倚王室之重③，據二周之險④，東向以臨天下；雖以無道行之，猶足爲患。今焚燒宮室，劫遷天子，海內震動⑤，不知所歸，此天亡之時也。一戰而天下定矣，不可失也。」遂引兵西，將據成皋。邈遣將衛茲分兵隨太祖。到滎陽汴水，遇卓將徐榮，與戰不利，士卒死傷甚多。太祖爲流矢所中，所乘馬被創，從弟洪以馬與太祖，得夜遁去。榮見太祖所將兵少，力

戰盡日，謂酸棗未易攻也，亦引兵還。

注釋

①盟主：古指諸侯盟會中的首領，主持盟會的人。②行：兼任官職。③倚：依靠，倚賴。④據：占據，盤踞。⑤海內：四海之内，這裏泛指中國。

譯文

漢獻帝初平元年（公元一九〇年）春季正月，後將軍袁術、冀州牧韓馥、豫州刺史孔伷、兗州刺史劉岱、河內太守王匡、渤海太守袁紹、陳留太守張邈、東郡太守橋瑁、山陽太守袁遺、濟北相鮑信同時一起發兵，每個人都率領了幾萬名士兵，推舉袁紹做盟主，曹操代理奮武將軍。

二月，董卓聽說義兵進攻，就把漢獻帝遷到長安去，以長安爲首都。董卓留駐洛陽，燒毀了宮殿。這時袁紹駐扎在河內，張邈、劉岱、橋瑁、袁遺駐扎在酸棗，袁術駐扎在南陽，孔伷駐扎在潁川，韓馥駐扎在鄴縣。董卓的兵力強盛，袁紹等人誰也不敢首先進攻。曹操說：「興起義兵來討伐暴亂，大軍已經匯合起來，各位還有什麼可遲疑的？假如當初董卓一聽說山東起兵，就倚仗朝廷的威重，占據二周地區的險要地形，向東方進攻，控制天下。這樣，即便他的行爲毫無道義，還是足以造成禍患。現在他焚燒宮室，脅迫皇帝遷走，四海之内都感到震驚，不知道該歸依何處。這是上天要滅亡他的時

候了。一次交戰就可以平定天下，這個機會不能喪失呀！」曹操便領兵向西進攻，想占領成皋。張邈派遣將軍衛玆領着一部分軍隊跟隨曹操。曹操到了滎陽汴水後，遇上了董卓的部將徐榮，與他交戰，沒有取勝，死傷的士兵很多。曹操被流箭射中，所騎的馬也受了傷。曹操的堂弟曹洪把自己的馬讓給他騎，他才能乘着夜色逃脫。徐榮見到曹操率領的士兵雖然不多，但還能奮戰一整天，認爲酸棗不容易攻克，于是也領兵回去了。

原文

太祖到酸棗，諸軍兵十餘萬，日置酒高會，不圖進取。太祖責讓之，因爲謀曰：「諸君聽吾計，使勃海引河內之衆臨孟津，酸棗諸將守成皋，據敖倉，塞轘轅、太谷①，全制其險；使袁將軍率南陽之軍軍丹、析，入武關，以震三輔②：皆高壘深壁，勿與戰，益爲疑兵，示天下形勢，以順誅逆③，可立定也。今兵以義動，持疑而不進，失天下之望，竊爲諸君恥之！」邈等不能用。

太祖兵少，乃與夏侯惇等詣揚州募兵④，刺史陳溫、丹楊太守周昕與

《魏書》曰：「其不叛者五百餘人。」

兵四千餘人。還到龍亢，士卒多叛。至銍、建平，復收兵得千餘人，進屯河內。

劉岱與橋瑁相惡⑤，岱殺瑁，以王肱領東郡太守。

注釋 ①塞：堵塞。②輔：指京城附近的地區，指長安地區的京兆尹、右扶風、左馮翊三郡。③逆：叛逆，這裏指違背道義。④募兵：招募軍隊。⑤惡：憎恨，討厭。

譯文 曹操到了酸棗，在酸棗的各路軍隊一共有十幾萬人，他們天天擺酒舉行宴會，並沒打算進攻。曹操指責他們，接着給他們出主意說：「各位請聽我的計策，讓渤海太守領着河內的軍隊逼近孟津，酸棗的各路將軍守住成皋，據守敖倉，堵塞轘轅和太谷，把這些險要地點全控制住；讓袁將軍率領南陽的軍隊進軍丹、析地區，進入武關，這樣就會使關中地區震動不安。大家都駐在高牆深溝內的堡壘裏，不與敵人交戰，增派小部隊擾亂敵人，向全國表明當前形勢，以順應大勢的力量去討伐叛逆，可以馬上平定天下。現在我們的軍隊打着義軍的名號，卻心存疑惑，不肯前進，讓天下人失望，我私下裏爲各位感到羞恥。」張邈等人沒有采納曹操的意見。

曹操的兵力不多，就和夏侯惇等人到揚州去招募士兵。刺史陳溫、丹楊太守周昕給了他四千多名士兵。曹操回到龍亢，士兵們大多叛逃了。曹操到銍、建平等地再招收了一千多名士兵，進到河內駐扎。

劉岱和橋瑁有仇怨，劉岱殺了橋瑁，讓王肱兼任東郡太守。

原文 袁紹與韓馥謀立幽州牧劉虞爲帝，太祖拒之。紹又嘗得一玉印①，于太祖坐中舉向其肘②，太祖由是笑而惡焉③。

《魏書》曰：「由是益不直紹，圖誅滅之。」

二年春，紹、馥遂立虞爲帝，虞終不敢當。

夏四月，卓還長安。

秋七月，袁紹脅韓馥，取冀州。

黑山賊于毒、白繞、眭固等十餘萬衆略魏郡、東郡，王肱不能禦，太祖引兵入東郡，擊白繞于濮陽，破之。袁紹因表太祖爲東郡太守，治東武陽。

三年春，太祖軍頓丘，毒等攻東武陽。太祖乃引兵西入山，攻毒等本屯。毒聞之，棄武陽還。太祖要擊眭固，又擊匈奴于夫羅于內黃，皆大破之④。

遷都長安

【注釋】①嘗：曾經。玉印：玉製的印璽，袁紹私藏玉印，說明他有稱帝的野心。②坐：坐席，座位。③笑：恥笑。惡：厭惡。④破：攻下，打敗。

【譯文】袁紹和韓馥商議把幽州牧劉虞立爲皇帝，曹操拒絕這樣做。袁紹又曾經得到一顆玉印，在與曹操坐在一起時把印舉向他的手肘。曹操因此大笑而且開始厭惡袁紹。

初平二年（公元一九一年）春天，袁紹、韓馥還是要立劉虞做皇帝，但劉虞始終不敢接受。

夏季四月，董卓回到長安。

秋季七月，袁紹脅迫韓馥，奪取了冀州。

黑山賊于毒、白繞、眭固等十多萬人在魏郡、東郡一帶搶掠，王肱不能抵禦。曹操領兵進入東郡，在濮陽攻打白繞，打敗了他們。袁紹就此上奏請任命曹操爲東郡太守，府治設在東武陽。

初平三年（公元一九二年）春天，曹操在頓丘駐軍。于毒等人攻打東武陽。曹操便領兵向西進入山中，攻打于毒等人的大本營。于毒聽到消息，放棄了東武陽退兵回去。曹操在半路上截擊眭固，又在內黃攻擊匈奴于夫羅的軍隊，把他們全都打敗了。

【原文】夏四月，司徒王允與呂布共殺卓。卓將李傕、郭汜等殺允攻布，布敗，東出武關。傕等擅朝政。

青州黃巾衆百萬入兗州，殺任城相鄭遂，轉入東平。劉岱欲擊之，鮑信諫曰：「今賊衆百萬，百姓皆震恐，士卒無鬥志，不可敵也。觀賊衆羣輩相隨①，軍無輜重②，唯以鈔略爲資③，今不若畜士衆之力④，先爲固守。彼欲戰不得，攻又不能，其勢必離散，後選精銳，據其要害，擊之可破也。」岱不從，遂與戰，果爲所殺。信乃與州吏萬潛等至東郡迎太祖領兗州牧。遂進兵擊黃巾于壽張東。信力戰鬥死，僅而破之⑤。購求信喪不得，

《世語》曰：「陳宮謂太祖曰：『州今無主，而王命斷絕，資之以收天下，此霸王之業也。』」

孫策：字伯符，孫堅長子，東漢末年割據江東的豪強。

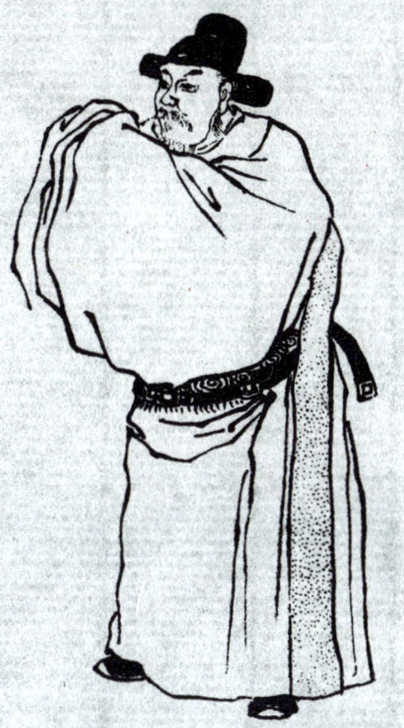
陶謙

丘②，黑山餘賊及于夫羅等佐之。術使將劉詳屯匡亭③。太祖擊詳，術救之，與戰，大破之。術退保封丘，遂圍之，未合，術走襄邑，追到太壽，決渠水灌城。走寧陵，又追之，走九江。

夏，太祖還軍定陶。

下邳闕宣聚衆數千人，自稱天子；徐州牧陶謙與共舉兵④，取泰山華、費，略任城。秋，太祖征陶謙，下十餘城⑤，謙守城不敢出。

是歲，孫策受袁術使渡江，數年間遂有江東。

注釋

①糧道：運糧的通道。②封丘：地名，在河南省。③匡亭：地名，在今河南省。④舉兵：領兵起義。⑤下：攻下。

譯文

初平四年（公元一九三年）春天，曹操駐扎在鄄城。荊州牧劉表截斷了袁術的運糧道路。袁術領兵進入陳留，駐扎在封丘。黑山殘餘的賊軍與于夫羅等人協助他。袁術派將軍劉詳駐扎在匡亭。曹操去攻擊劉詳，袁術去救援，曹操與袁術交戰，重創袁術。袁術撤退去守衛封丘，曹操就包圍了他。但還未來得及合圍，袁術便逃向襄邑。曹操追到太壽，挖開水渠引水灌城。袁術又逃向寧陵，曹操追他，袁術逃向九江。

夏季，曹操的軍隊回到定陶。

下邳人闕宣聚集幾千人，自稱天子。徐州牧陶謙和他一起發兵，奪取了泰山郡的華縣、費縣，占了任城。秋季，曹操去征討陶謙，攻占了十幾座城市。陶謙堅守城池，不敢出戰。

這一年，孫策接受袁術的命令，渡江南下，幾年之內就占領了江東。

原文

興平元年春，太祖自徐州還。初，太祖父嵩，去官後還譙，董卓之亂，避難琅邪，爲陶謙所害，故太祖志在復仇東伐。

孫盛曰：「夫伐罪吊民，古之令軌；罪謙之由，而殘其屬部，過矣。」

曹操興兵報父仇

興平元年（公元一九四年）夏，曹操借爲父曹嵩報仇之名，興兵討伐陶謙。他派荀彧、程昱守鄄城，連拔陶謙五座城池，一直攻至東海。

夏，使荀彧、程昱守鄄城，復征陶謙，拔五城，遂略地至東海。還過郯，謙將曹豹與劉備屯郯東，要太祖。太祖擊破之，遂攻拔襄賁，所過多所殘戮。會張邈與陳宮叛迎呂布①，郡縣皆應。荀彧、程昱保鄄城，范、東阿二縣固守，太祖乃引軍還。布到，攻鄄城不能下，西屯濮陽。太祖曰：「布一旦得一州，不能據東平，斷亢父、泰山之道，乘險要我，而乃屯濮陽，吾知其無能爲也。」遂進軍攻之。布出兵戰，先以騎犯青州兵。青州兵奔，太祖陳亂②，馳突火出，墜馬，燒左手掌。司馬樓異扶太祖上馬，遂引去。

未至營止，諸將未與太祖相見，皆怖。太祖乃自力勞軍③，令軍中促爲攻具④，進復攻之，與布相守百餘日。蝗蟲起，百姓大餓，布糧食亦盡，各引去⑤。

注釋 ①迎：迎接。②陳：通「陣」，軍隊作戰時擺出的作戰隊形。③自力：自己奮力支持。④促爲：趕快準備。⑤引：帶領軍隊撤退。

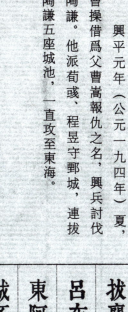

譯文 興平元年（公元一九四年）春天，曹操從徐州回來。當初，曹操的父親曹嵩離職後回到譙郡，董卓作亂時他又到琅琊去避難，被陶謙殺害，所以曹操有了進攻東方來復仇的意向。

夏季，曹操派荀彧和程昱守衛鄄城，再次討伐陶謙，攻下了五座城市，占領了許多土地，一直攻到東海。回來時經過郯縣，陶謙的部將曹豹和劉備駐扎在郯縣東邊，攔擊曹操。曹操打敗了他們，接着攻下了襄賁。他復仇心切，所經之處，破壞城池殺戮人民。正趕上張邈和陳宮叛變，迎接呂布，各郡縣紛紛響應。荀彧和程昱守衛住鄄城，范縣和東阿兩個縣也固守住了。曹操便領兵回來。呂布來到徐州後，攻打鄄城，沒有攻下，向西去駐扎在濮陽。曹操說：「呂布突然輕易地得了一個州，卻不能占據東平，截斷亢父和泰山的道路，利用險要地形截擊我們，而去駐在濮陽。我就知道他已經無所作爲了。」便進軍去攻打呂布。呂布出兵應戰，先派出騎兵進攻青州兵。青州兵逃走，曹操的軍陣被衝亂。曹操冒着火騎馬衝出來，但從馬上墜落在地，燒傷了左手掌。司馬樓異把曹操扶上馬，領着他衝了出去。曹操還沒有回到軍營，各位將領沒有見到曹操，都很驚慌。曹操支撑着親自去慰勞軍隊，命令軍隊中趕快製作攻城的用具，準備再次進軍攻打呂布。曹操的軍隊與呂布對峙了一百多天。這時鬧蝗災，老百姓們陷入饑荒，呂布軍隊的糧食也吃完了，雙方就分別退走了。

原文

秋九月，太祖還鄄城。布到乘氏①，爲其縣人李進所破，東屯山陽。于是紹使人說太祖，欲連和②。太祖新失兗州，軍食盡，將許之。程昱止太祖，太祖從之。

冬十月，太祖至東阿。

是歲穀一斛五十餘萬錢，人相食，乃罷吏兵新募者。陶謙死，劉備代之。

二年春，襲定陶。濟陰太守吳資保南城，未拔。會呂布至，又擊破之。

曹操定陶破呂布

興平二年（公元一九五年），曹操在定陶遇呂布，與布交戰。曹操兵力不及呂布，遂設下埋伏，派奇兵襲擊大破之，布連夜潛逃。

夏，布將薛蘭、李封屯鉅野，太祖攻之，布救蘭，蘭敗，布走，遂斬蘭等。布復從東緡與陳宮將萬餘人來戰，時太祖兵少，設伏，縱奇兵擊③，大破之。布夜走，太祖復攻，拔定陶，分兵平諸縣。布東奔劉備，張邈從布，使其弟超將家屬保雍丘。秋八月，圍雍丘。

冬十月，天子拜太祖兗州牧。

十二月，雍丘潰，超自殺，夷邈三族④。邈詣袁術請救，爲其衆所殺，兗州平，遂東略陳地⑤。

注釋 ①乘氏：地名，在今山東省巨野縣西南。②連和：聯合。③縱：指揮。④夷：殺死。三族：一般指父族、母族、妻族。⑤陳：王國名。治所在陳縣。

【譯文】秋天九月，曹操回到了鄄城。呂布到了乘氏縣，被乘氏縣人李進打敗了，便駐扎在東邊的山陽。這時袁紹派人來勸說曹操，想與之聯合。當時曹操剛剛丟了兗州，軍隊的糧食也吃完了，就想答應袁紹。程昱勸阻曹操，曹操就接受了程昱的意見。

冬季十月，曹操到了東阿縣。

這一年的穀子賣到一斛五十多萬錢，出現了人吃人的現象。曹操就把新招募來的官吏與士兵遣散了。這時陶謙去世，劉備接替他，代理徐州牧。

興平二年（公元一九五年）春天，曹操襲擊定陶。濟陰太守吳資守衛住南城，沒有被曹操攻占。正遇上呂布來到，曹操打敗了他。

當年夏天，呂布部將薛蘭、李封駐扎在巨野，曹操去攻打他們，呂布來救薛蘭，薛蘭被打敗，呂布逃走了，薛蘭等人被殺。呂布又從東緡出發，與陳宮率領一萬多士兵來交戰。當時曹操的兵力很少，就設下埋伏，派出奇兵襲擊呂布，把他們打敗。呂布連夜逃走。曹操又去進占了定陶，分派兵力，把各縣都平定了。呂布向東逃跑，去投奔劉備。張邈跟隨呂布，讓弟弟張超率領家人守衛雍丘。秋季八月，曹操包圍了雍丘。

冬季十月，皇帝任命曹操爲兗州牧。

十二月，雍丘被攻克，張超自殺。曹操殺光了張邈的父母、妻子等三族親屬。張邈到袁術那裏求援，被袁術的部下殺死。兗州全部被平定，曹操就向東方去攻占陳的土地。

【原文】是歲，長安亂，天子東遷，敗于曹陽，渡河幸安邑①。

建安元年春正月，太祖軍臨武平，袁術所置陳相袁嗣降。太祖將迎天子，諸將或疑，荀彧、程昱勸之②，乃遣曹洪將兵西迎，衛將軍董承與袁術將萇奴拒險，洪不得進。汝南、潁川黃巾何儀、劉辟、黃邵、何曼等，衆各數萬，初應袁術，又附孫堅③。

二月，太祖進軍討破之，斬辟、邵等，儀及其衆皆降。天子拜太祖建德將軍，夏六月，遷鎮東將軍，封費亭侯。

《獻帝春秋》曰：「八月，帝乃遷居。」

張璠《漢紀》曰：「初，天子敗于曹陽，欲浮河東下。」

曹孟德移駕幸許都

獻帝劉協自被董卓劫至長安後，一直處于顛沛流離之中。建安元年七月，獻帝終于回到洛陽，八月，曹操親至洛陽朝見獻帝。隨即挾持漢帝遷都許縣，從此，曹操取得了「挾天子以令諸侯」的優勢。這是曹操政治上的一大成功。

秋七月，楊奉、韓暹以天子還洛陽，奉別屯梁。太祖遂至洛陽，衛京都，暹遁走。天子假太祖節鉞，錄尚書事。洛陽殘破，董昭等勸太祖都許。九月，車駕出轘轅而東④，以太祖爲大將軍，封武平侯。自天子西遷，朝廷日亂，至是宗廟社稷制度始立⑤。

注釋 ①幸：指帝王到達某個地方。②勸：勉勵，鼓勵。③附：歸順，依附。④車駕：皇帝外出時候乘坐的車子，後用來指代皇帝。⑤至是：到這個時候。

譯文 這一年，長安發生動亂，皇帝東遷，在曹陽被叛軍打敗，渡過黃河來到安邑。

建安元年（公元一九六年）春季元月，曹操的軍隊來到武平城，袁術安置的陳地守將袁嗣投降。曹操要去迎接漢獻帝，各位將領中有人表示不解。荀彧和程昱則勸說曹操去接漢獻帝，于是派曹洪領兵向西去迎接。衛將軍董承與袁術的部將萇奴占據險要地勢抵擋，曹洪沒辦法前進。汝南、潁川的黃巾軍何儀、劉辟、黃邵、何曼等人，各自聚衆數萬人。他們最先響應袁術，後又依附孫堅。二月，曹操進軍討伐，打敗了他們，殺了劉辟、黃邵等人。何儀和他的部下全部投降了。漢獻帝任命曹操爲建德將軍，夏季六月，又升爲鎮東將軍，封爲費亭侯。

秋季七月，楊奉與韓暹把漢獻帝送回洛陽。楊奉另行駐在梁城。曹操便來到洛陽，保衛京城。韓暹逃走了。漢獻帝給予曹操假天子節鉞的名號，錄尚書事。洛陽城市殘破，董昭等人勸說曹操把都城建在許昌。

九月，漢獻帝的車駕出了轘轅關向東去。獻帝任命曹操爲大將軍，封他做武平侯。自從天子西遷，朝政日益混亂，到了這時，才又開始建立起宗廟社稷的各項制度。

原文 天子之東也，奉自梁欲要之，不及。

公曰：「夫定國之術，在于強兵足食，秦人以急農兼天下，此先代之良式也。」

《世語》曰：「昂不能騎，進馬于公，公故免，而昂遇害。」

冬十月，公征奉①，奉南奔袁術，遂攻其梁屯，拔之。于是以袁紹爲太尉，紹恥班在公下②，不肯受。公乃固辭，以大將軍讓紹。天子拜公司空，行車騎將軍。是歲用棗祗、韓浩等議，始興屯田③。

呂布襲劉備，取下邳。備來奔。程昱說公曰：「觀劉備有雄才而甚得衆心，終不爲人下，不如早圖之④。」公曰：「方今收英雄時也⑤，殺一人而失天下之心，不可。」張濟自關中走南陽。濟死，從子繡領其衆。

二年春正月，公到宛。張繡降，既而悔之，復反。公與戰，軍敗，爲流矢所中⑥，長子昂、弟子安民遇害。公乃引兵還舞陰，繡將騎來鈔，公擊破之。繡奔穰，與劉表合。公謂諸將曰：「吾降張繡等，失不便取其質⑦，以至于此。吾知所以敗。諸卿觀之，自今已後不復敗矣。」遂還許。

注釋

①公：指曹操。征：討伐，征討。②班：位次，規定等級。③興：興起，實行。④圖：圖謀，設法對付。⑤方今：當今，現在。收：召集，網羅。⑥流矢：亂箭。⑦質：人質。

曹操敗師淯水

建安二年（公元一九七年）春季正月，曹操至宛城。張繡投降後又謀反，曹操猝不及防，敗北，且被流箭射中，長子曹昂、侄子曹安民也在此戰中被殺死。

譯文

漢獻帝東遷的時候，楊奉準備從梁城截擊他們，卻沒有趕上。

冬季十月，曹操征討楊奉，楊奉向南方逃走，投奔袁術去了。曹操就攻打楊奉在梁城的營地，並攻克了它。這時朝廷任命袁紹爲太尉。袁紹認爲太尉的職位在曹操之下，感到是恥辱，不肯接受。曹操就堅決辭去大將軍的職務，把它讓給袁紹。漢獻帝任命曹操做司空，代理車騎將軍的職務。這一年，曹操采納了棗祗、韓浩等人的建議，開始興辦屯田。

呂布襲擊劉備，奪取了下邳。劉備來投奔曹操。程昱勸說曹操：「我看劉備有雄才大略，又非常能得到大衆的擁護，終究不會居于人下，不如盡早除掉他。」曹操說：「現在正是吸納英雄的時候，殺了一個人就會失掉天下人心，我不能這樣

《世語》曰：「舊制，三公領兵入見，皆交戟叉頸而前。」

做。」張濟從關中逃到南陽。張濟死後，他的侄子張繡統領他的部下。

建安二年（公元一九七年）春季正月，曹操到了宛城。張繡投降了，過了不久感到後悔，就又叛變。曹操和張繡交戰，打了敗仗。曹操被箭射中，他的長子曹昂、侄子曹安民都被殺死。曹操就領兵退回舞陰。張繡率領騎兵來包抄，曹操把他們打敗了。張繡奔到穰縣，與劉表會合。曹操對衆將領說：「我招降了張繡等人，錯在沒有馬上收編他們的軍隊，留下他們做人質，以致造成這樣的失敗。我知道爲什麼失敗了。各位請看着吧，從今以後，我不會再失敗了。」于是回到許都。

原文

袁術欲稱帝于淮南①，使人告呂布。布收其使②，上其書③。術怒，攻布，爲布所破。秋九月，術侵陳，公東征之。術聞公自來，棄軍走，留其將橋蕤、李豐、梁綱、樂就；公到，擊破蕤等，皆斬之。術走渡淮。公還許。公之自舞陰還也，南陽章陵諸縣復叛爲繡，公遣曹洪擊之，不利，還屯葉，數爲繡、表所侵④。

冬十一月，公自南征，至宛。表將鄧濟據湖陽⑤。攻拔之，生擒濟，湖陽降。攻舞陰，下之。

三年春正月，公還許。初置軍師祭酒。三月，公圍張繡于穰。夏五月，劉表遣兵救繡，以絕軍後。公將引還，繡兵來追，公軍不得進，連營稍前。公與荀彧書曰：「賊來追吾，雖日行數里，吾策之，到安衆，破繡必矣。」到安衆，繡與表兵合守險，公軍前後受敵。公乃夜鑿險爲地道，悉過輜重，設奇兵。會明，賊謂公爲遁也，悉軍來追。乃縱奇兵步騎夾攻，大破之。

秋七月，公還許。荀彧問公：「前以策賊必破，何也？」公曰：「虜遏吾歸師，而與吾死地戰，吾是以知勝矣。」

注釋

①淮南：國、郡名。漢初爲淮南國，魏國改爲淮南郡。②收：扣留。③上：指向朝廷報告。④數：屢次、多次。⑤湖陽：縣名，在今天的河南省葉縣南。

譯文

袁術想在淮南稱帝，派人告訴了呂布。呂布逮捕了袁術的使節，把他的書信送上朝廷。袁術大怒，去攻打呂布，被呂布打敗。秋季九月，袁術進犯陳地，曹操向東去討伐他。袁術聽說曹操親自來進攻，棄軍而逃，留下他的部將橋蕤、李豐、梁綱、樂就迎戰。曹操到了陳地，打敗了橋蕤等人，把他們全殺了。袁術逃走，渡過淮河。曹操返回許都。曹操從舞陰回來的時候，南陽、章陵各縣又叛變，投向張繡。曹操派曹洪去攻打他們，沒有戰勝，退回來駐守葉縣，又多次遭到張繡、劉表的襲擊。

冬季十一月，曹操親自南征，到了宛城。劉表的部將鄧濟占據了湖陽。曹軍進攻，攻占了湖陽，活捉了鄧濟，湖陽的敵人投降。曹操攻打舞陰，並攻克了它。

建安三年（公元一九八年）春季正月，曹操回到許都，開始設置軍師祭酒的職位。三月，曹操在穰縣包圍了張繡。

夏季五月，劉表派遣軍隊救援張繡，截斷曹軍的後路。曹操準備領兵退回，張繡的軍隊就來追擊。曹操的軍隊無法前進，便將軍營相連，逐漸向前。曹操給荀彧寫信說：「賊人在追擊我。雖然我軍每天衹能走幾里地，但我預計，到了安衆以後，就一定能打敗張繡。」在安衆，張繡與劉表的軍隊合兵防守險要地勢，曹軍前後受敵。曹操就在夜裏挖開險要路口，鑿通地道，把輜重全運送過去，設下奇兵。

天亮以後，對方以爲曹軍逃跑了，就出動全部軍隊來追趕。曹操就發動奇兵，步兵、騎兵兩面夾攻，大敗張繡等人的軍隊。

秋天七月，曹操回到許都。荀彧問曹操：「前些時日，您預計敵人一定會被打敗，是根據什麼呢？」曹操說：「敵人阻擋住我們的退路，是和我們陷入死地的士兵決戰，因此我知道我們會勝利。」

原文

呂布復爲袁術使高順攻劉備[1]，公遣夏侯惇救之，不利。備爲順所敗。

九月，公東征布。

冬十月，屠彭城[2]，獲其相侯諧。進至下邳，布自將騎逆擊[3]。大破之，獲其驍將成廉。追至城下，布恐，欲降。陳宮等沮其計[4]，求救于術，勸布出戰，戰又敗，乃還固守，攻之不下。時公連戰，士卒罷[5]，欲還，用荀攸、郭嘉計，遂決泗、沂水以灌城。

月餘，布將宋憲、魏續等執陳宮，舉城降，生禽布、宮，皆殺之。太

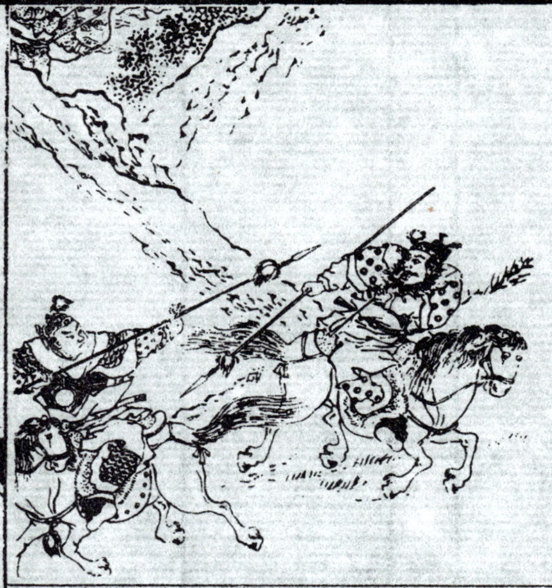

夏侯惇拔箭啖睛

建安三年（公元一九八年）八月，曹操從徐州歸還，夏侯惇跟隨曹操征討呂布，他與高順陣前交戰之時，被曹性暗箭射中左目。夏侯惇急用手拔箭，不想連眼珠拔出，乃大呼曰：「父精母血，不可棄也！」于是放入口內啖之，挺槍縱馬，直取曹性。

山臧霸、孫觀、吳敦、尹禮、昌豨各聚衆。布之破劉備也，霸等悉從布。布敗，獲霸等，公厚納待，遂割青、徐二州附于海以委焉，分琅邪、東海、北海爲城陽、利城、昌慮郡。

注釋　①爲：替。高順：人名，呂布部下的大將。②逆：迎接，這裏指接戰。③屠：任意屠殺。④沮：阻止。⑤罷：通「疲」，疲勞，疲憊，疲乏。

譯文　呂布又爲了袁術而派高順攻打劉備，曹操派夏侯惇去援救劉備，沒有取勝。劉備被高順打敗了。

九月，曹操東征呂布。

冬季十月，在彭城屠殺居民，抓住了彭城相侯諧。曹軍前進到下邳，呂布親自率領騎兵迎擊。曹操大敗呂布，俘獲呂布的猛將成廉，一直追到下邳城下。呂布害怕了，想要投降。陳宮等人打消了他的想法，一邊向袁術去求援，一邊勸呂布出戰。呂布出戰再敗，就回來堅守。曹操攻打不下來。當時，曹操連續作戰，士兵疲憊不堪，想要回去。曹操便采納了荀攸、郭嘉的計策，挖開泗水、沂水，用河水灌城。

過了一個多月，呂布的部將宋憲、魏續等人抓住了陳宮，獻出城池投降。活捉了呂布、陳宮，把他們全都殺了。太山人臧霸、孫觀、吳敦、尹禮、昌豨等人各自聚集人衆。呂布打敗劉備時，臧霸等人全跟隨了呂布。呂布失敗後，曹操抓住了臧霸等人，給他們優厚的待遇，把青州、徐州兩地沿海的土地分割出來委任他們管理。從琅邪郡、東海郡、北海郡中分出了城陽郡、利城郡和昌慮郡。

原文　初，公爲兗州，以東平畢諶爲別駕①。張邈之叛也，邈劫諶母弟妻子②；公謝遣之③，曰：「卿老母在彼，可去。」諶頓首無二心④，公嘉之，爲之流涕。既出，遂亡歸。及布破，諶生得，衆爲諶懼，公曰：「夫人孝于其親者，豈不亦忠于君乎！吾所求也。」以爲魯相⑤。

四年春二月，公還至昌邑。張楊將楊醜殺楊，眭固又殺醜，以其衆屬袁紹，屯射犬。夏四月，進軍臨河，使史渙、曹仁渡河擊之。固使楊故長史薛洪、河內太守繆尚留守，自將兵北迎紹求救，與渙、仁相遇犬城。交戰，大破之，斬固。公遂濟河，圍射犬。洪、尚率衆降，封爲列侯，還軍敖倉。以魏種爲河內太守，屬以河北事。

注釋 ①別駕：官名，是州牧、刺史的佐官。因爲當他們跟隨州牧、刺史出行時，別乘驛車隨行，所以稱爲「別駕」。②劫：扣留。③謝：感謝，這裏有惋惜、不得已的意思。④頓首：叩頭，頭叩地而拜，舊時用作下對上的敬禮。⑤以爲：任用。

譯文 當初，曹操做兖州牧時，任命東平人畢諶爲別駕。張邈叛亂時，劫走了畢諶的母親、弟弟和妻子兒女。曹操向畢諶道歉，讓他回去，說：「您的老母親在張邈那裏，您可以去他那邊。」畢諶叩頭表示沒有二心。曹操誇獎他，爲他的忠誠流下了熱淚。畢諶趁出行的機會，逃歸張邈。在呂布被打敗後，畢諶也被活捉了。大家都爲畢諶擔心。曹操說：「那種能夠孝敬父母的人，難道會不忠于他的國君嗎？這正是我要尋找的人啊！」便讓畢諶做魯國相。

建安四年（公元一九九年）春季二月，曹操回到昌邑，張楊的部將楊醜殺了張楊，眭固又殺了楊醜，帶着張楊的部屬歸順袁紹，駐扎在射犬。夏季四月，曹操進軍，到了黃河邊上，派遣史渙、曹仁渡過河去攻打眭固，眭固讓原任張楊長史的薛洪和河內太守繆尚留守，自己率領軍隊向北去迎接袁紹，向袁紹求救。眭固和史渙、曹仁在犬城相遇，雙方交戰。曹軍大敗眭固的軍隊，殺死了他。曹操接着渡過了黃河，包圍了射犬。薛洪和繆尚率領部下投降，被封爲列侯。曹操領兵回到敖倉，任命魏種爲河內太守，把黃河以北的事務委托給他。

原文 初，公舉種孝廉。兖州叛，公曰：「唯魏種且不棄孤也①。」及聞種走，公怒曰：「種不南走越，北走胡②，不置汝也③！」既下射犬，生禽種，公曰：「唯其才也！」釋其縛而用之。是時袁紹既並公孫瓚，兼四州之地④，衆十餘萬，將進軍攻許。諸將以爲不可敵，公曰：「吾知紹之爲人，志大而智小，色厲而膽薄，忌克而少威⑤，兵多而分畫不明，將驕而政令不一，土地雖廣，糧食雖豐，適足以爲吾奉也。」

張繡

張繡爲武術名家童淵弟子，人稱「北地槍王」，使一杆虎頭金槍。曾與曹操多次交鋒，後降操，被封爲揚武將軍。他力戰有功，多次被封賞。

秋八月，公進軍黎陽，使臧霸等入青州破齊、北海、東安，留于禁屯河上。

九月，公還許，分兵守官渡。

冬十一月，張繡率衆降，封列侯。

十二月，公軍官渡。

注釋　①且：這裏表示猜測可能的意思。棄：放棄，背棄的意思。孤：古代帝王對自己的稱呼。②胡：指古代北方的部落。③置：放過，饒恕。④兼：兼併，吞併。四州：指代青州、幽州、并州和冀州。⑤忌克：嫉妒、刻薄。

譯文　起初，曹操推薦魏種爲孝廉。兗州叛變時，曹操說：「衹有魏種不會背棄我。」等到曹操聽說魏種也逃走了，憤怒地說：「魏種衹要不向南逃到越人那裏，不向北逃到胡人那裏，我就不會放過他。」等到攻下射犬，活捉了魏種，曹操說：「看在他的才能上吧。」給他鬆了綁並且任用了他。這時，袁紹已經兼併了公孫瓚，一共占有四個州的土地，有十幾萬軍隊，準備進軍攻打許都。曹操的部將都認爲無法抵禦。曹操說：「我了解袁紹的爲人。他志向大而才智低，外表嚴厲而內心膽小，好猜忌又缺少威望，他的士兵雖然多，但部署不得當，將領驕橫，政令不統一。雖然他的土地廣闊，糧食充足，卻是正好拿來奉送給我的。」

秋季八月，曹操進軍到黎陽，派臧霸等人進入青州，攻克齊、北海、東安等郡，留下于禁在黃河邊上駐守。

九月，曹操回到許都，分派一支部隊守住官渡。

冬季十一月，張繡率領軍隊投降，被封爲列侯。

十二月，曹操到官渡駐扎。

原文　袁術自敗于陳，稍困①，袁譚自青州遣迎之②。術欲從下邳北過，

《獻帝春秋》曰：「備謂岱等曰：『使汝百人來，其無如我何；曹公自來，未可知耳！』」

袁術

公遣劉備、朱靈要之③。會術病死。程昱、郭嘉聞公遣備，言于公曰：「劉備不可縱④。」公悔，追之不及。備之未東也，陰與董承等謀反，至下邳，遂殺徐州刺史車胄，舉兵屯沛。遣劉岱、王忠擊之，不克。廬江太守劉勛率衆降⑤，封爲列侯。

五年春正月，董承等謀泄，皆伏誅。公將自東征備，諸將皆曰：「與公爭天下者，袁紹也。今紹方來而棄之東，紹乘人後，若何？」公曰：「夫劉備，人傑也，今不擊，必爲後患。袁紹雖有大志，而見事遲，必不動也。」郭嘉亦勸公，遂東擊備，破之，生禽

其將夏侯博。備走奔紹，獲其妻子。備將關羽屯下邳，復進攻之，羽降。昌豨叛爲備，又攻破之。公還官渡，紹卒不出。

注釋 ①稍困：逐漸衰微。②袁譚：人名，袁紹的長子。③要：通「腰」，中間截獲。④縱：放走。⑤率：帶領。

譯文 袁術自從在陳地被打敗後，逐漸陷入困境。袁譚從青州派人去迎接他。袁術打算途經下邳的北邊，曹操派劉備和朱靈去截擊。正巧袁術病死了。程昱和郭嘉聽說曹操派劉備出兵，對曹操說：「不能放劉備出去。」曹操後悔了，派人去追劉備，已經來不及了。劉備沒有到東方去的時候，暗地裏與董承等人謀劃造反，到了下邳後，劉備就殺了徐州刺史車胄，統領軍隊，駐在沛縣。曹操派劉岱和王忠去攻打他，沒有戰勝。廬江太守劉勛率領部下投降，被封爲列侯。

建安五年（公元二〇〇年）春季正月，董承等人的陰謀敗露，全部被處死。曹操準備親自東征劉備。衆將領都說：「與您爭奪天下的人是袁紹。現在袁紹正領兵來，而您卻不管他，向東進攻；如果袁紹乘機在後面攻擊我們，該怎麼辦？」曹操說：「劉備是人中豪傑，現在不去打敗他，將來一定會

成爲後患。袁紹雖然有大志，但他遇事遲疑不能當機立斷，一定不會出擊的。」郭嘉也鼓勵曹操，于是向東去攻打劉備並打敗了他，活捉了他的部將夏侯博。劉備逃走，投奔了袁紹。曹軍捉住了劉備的妻子兒女。劉備的部將關羽駐守在下邳。曹操再去進攻，關羽投降了。昌豨叛變，投向劉備。曹操又進攻打敗了他。曹操回到官渡，而袁紹始終沒有出兵。

原文

二月，紹遣郭圖、淳于瓊、顏良攻東郡太守劉延于白馬，紹引兵至黎陽，將渡河。夏四月，公北救延。荀攸說公曰：「今兵少不敵，分其勢乃可。公到延津，若將渡兵向其後者，紹必西應之，然後輕兵襲白馬①，掩其不備，顏良可禽也。」公從之。

紹聞兵渡，即分兵西應之。公乃引軍兼行趣白馬，未至十餘里，良大驚，來逆戰。使張遼、關羽前登②，擊破，斬良。遂解白馬圍，徙其民，循河而西。紹于是渡河追公軍，至延津南。公勒兵駐營南阪下，使登壘望之，曰：「可五六百騎。」有頃，復白：「騎稍多，步兵不可勝數。」公曰：「勿復白。」乃令騎解鞍放馬。是時，白馬輜重就道。諸將以爲敵騎多，不如還保營。荀攸曰：「此所以餌敵③，如何去之！」紹騎將文醜與劉備將五六千騎前後至。諸將復白：「可上馬。」公曰：「未也。」有頃，騎至稍多，或分趣輜重④。公曰：「可矣。」乃皆上馬。時騎不滿六百，遂縱兵擊，大破之，斬醜。良、醜皆紹名將也，再戰，悉禽⑤，紹軍大震。公還軍官渡。紹進保陽武。關羽亡歸劉備。

顏良

顏良爲袁紹部下武將，有威名。但「性促狹，雖驍勇不可獨任」。建安四年，袁紹以顏良、文醜爲將率，簡精卒十萬，準備攻許，次年兵進黎陽，遣顏良攻白馬。曹操北救，以荀攸的計策分兵渡河，引袁紹西應，自率輕兵掩襲白馬，顏良倉猝逆戰，被關羽斬殺而死。

注釋

①輕兵：輕騎兵。②前登：首先接戰。③餌：引誘。④分趣：分頭拿取。⑤悉禽：全部擒獲。

【譯文】二月，袁紹派遣郭圖、淳于瓊、顏良去白馬進攻東郡太守劉延。袁紹領兵到黎陽，準備渡過黃河。夏季四月，曹操向北救援劉延。荀攸勸曹操說：「現在我們兵力少，無法與袁紹抗衡，必須分散他的兵力才可以取勝。您到了延津後，做出好像要渡河去攻打袁紹後方的樣子。袁紹一定會向西進軍來迎擊。然後您派出快速部隊去襲擊白馬，趁敵人没有防備時偷襲，就可以抓住顏良。」曹操接受了他的意見。

袁紹聽說曹軍渡河，果然分出一支隊伍去西邊應戰。曹操于是領兵晝夜兼程直奔白馬。距白馬祇有十幾里路時，顏良才得信，大吃一驚，匆忙出兵迎戰。曹操派張遼和關羽爲先鋒攻城，打敗顏良的軍隊，殺死了顏良。曹操便解除了對白馬的包圍，把白馬的居民遷走，沿着黃河西去。袁紹于是渡過黃河，追擊曹軍，追到延津南面。曹操整頓好軍隊，把軍營扎在南山坡下，派人爬上堡壘頂上，觀察敵軍。觀察的人說：「大約有五六百個騎兵。」不一會兒，又報告說：「騎兵在逐漸增加，步兵數都數不過來。」曹操說：「不用再說了。」就命令騎兵解下馬鞍，放開馬匹。這時，曹軍從白馬繳獲的物資都放在路上。衆將領都認爲敵人騎兵衆多，不如退回去守住營壘。荀攸說：「這是用來引誘敵人的釣餌，怎麼可以拉走呢？」袁紹的部將文醜與劉備率領五六千名騎兵先後追上來。衆將領又說：「可以上馬了。」曹操說：「不到時候。」過了一會兒，前來的袁軍騎兵越來越多，有人分頭去取物資輜重。曹操說：「可以了。」就讓曹軍全部上馬。當時曹操祇有不足六百名騎兵，全部出動去衝擊，把袁軍打得大敗，殺死了文醜。顏良與文醜都是袁紹手下的名將，兩次作戰就被曹軍消滅了。袁紹的軍隊大爲震動。曹操的軍隊回到官渡。袁紹進軍去保衛陽武。關羽逃走，回到劉備那裏。

【原文】八月，紹連營稍前，依沙埴爲屯[1]，東西數十里。公亦分營與相當，合戰不利[2]。時公兵不滿萬，傷者十二三。紹復進臨官渡，起土山地道。公亦于內作之，以相應。紹射營中，矢如雨下，行者皆蒙楯[3]，衆大懼。時公糧少，與荀彧書，議欲還許。彧以爲：「紹悉衆聚官渡，欲與公決勝敗。公以至弱當至強，若不能制[4]，必爲所乘，是天下之大機也。且紹，布衣之雄耳[5]，能聚人而不能用。夫以公之神武明哲而輔以大順，何向而不濟！」公從之。

《本紀》云：「紹衆十餘萬，屯營東西數十里。」

孫策聞公與紹相持，乃謀襲許，未發，爲刺客所殺。汝南降賊劉辟等叛應紹，略許下。紹使劉備助辟，公使曹仁擊破之。備走，遂破辟屯。

注釋 ①沙堆：沙堆。堆，小丘。②合戰：交戰。③蒙：遮蔽。楯：盾，也就是藤編的盾牌。④制：取得勝利，制服。⑤布衣之雄：平民中的英雄。

譯文 八月，袁紹的軍隊結成連營，逐漸前進，依靠沙堤建成營壘，東西長幾十里。曹操也分別扎營與袁軍對抗，交戰不利。當時曹操的軍隊還不到一萬人，十之二三的士兵受了傷。袁紹又進逼官渡，修建土山和地道。曹操也在營壘中的相應地點修土山、地道，抵擋敵人。袁軍向曹營射箭，箭如雨下。曹營中行走的人都用盾牌遮掩身體。大家都很恐慌。當時曹操的軍糧不足。曹操給荀彧寫信，商量準備退回許都。荀彧說：「袁紹把全部兵力聚集在官渡，準備與您決出勝負。您以極弱小的兵力去抵擋強大的敵人，如果不能制服他們，就一定會被敵人壓倒，這是得失天下的關鍵時刻。而袁紹祇不過是個平庸的領袖罷了。他能收集人才，卻不會合理使用他們。憑借您的非凡武功，英明才智，再加上名正言順，人心所向，就能無往不勝。」曹操接受了他的意見。

孫策聽說曹操和袁紹相對峙，就謀劃襲擊許都，還沒有出兵，便被刺客殺死了。汝南投降的賊人劉辟等叛變，響應袁紹，在許都城外搶掠。袁紹派劉備去幫助劉辟，曹操派曹仁把劉備打敗。劉備逃走，曹仁攻下了劉辟的營壘。

原文 袁紹運穀車數千乘至①，公用荀攸計，遣徐晃、史渙邀擊②，大破之，盡燒其車。公與紹相拒連月，雖比戰斬將③，然衆少糧盡，士卒疲乏，公謂運者曰：「卻十五日爲汝破紹，不復勞汝矣。」

冬十月，紹遣車運穀，使淳于瓊等五人將兵萬餘人送之，宿紹營北四十里。紹謀臣許攸貪財，紹不能足，來奔，因說公擊瓊等。左右疑之，荀攸、賈詡勸公。公乃留曹洪守，自將步騎五千人夜往，會明至。瓊等望見公兵少，出陳門外。公急擊之，瓊退保營，遂攻之。紹遣騎救瓊。左右或言：「賊騎稍近，請分兵拒之。」公怒曰：「賊在背後，乃白！」士卒皆殊死戰④，大破瓊等，皆斬之。紹初聞公之擊瓊，謂長子譚曰：「就彼

《魏氏春秋》曰：「公云：『當紹之強，孤猶不能自保，而況衆人乎！』」

攻瓊等，吾攻拔其營，彼固無所歸矣！」乃使張郃、高覽攻曹洪⑤。郃等聞瓊破，遂來降。紹衆大潰，紹及譚棄軍走，渡河。追之不及，盡收其輜重圖書珍寶，虜其衆。公收紹書中，得許下及軍中人書，皆焚之。冀州諸郡多舉城邑降者。

注釋 ①乘：古時計量單位，一車四匹馬爲一乘。②邀擊：叫陣，要求對方出來應戰。③比戰：每次交戰。④死戰：拼了性命，決一死戰。⑤張郃：人名，字俊乂。

譯文 袁紹的運糧車來了幾千輛，曹操用荀攸的計策，派徐晃、史渙去襲擊糧車，大敗袁軍，把其運糧車全部燒光。曹操與袁紹相持了幾個月，即使每次作戰都能殺死敵將，但是士兵少，軍糧用盡，戰士疲乏不堪。曹操對運糧的人們說：「再過十五天，我給你們打垮袁紹，就不用再勞累你們了。」

冬季十月，袁紹派車輛去運糧，讓淳于瓊等五人率領一萬多名士兵護送，駐在袁紹大營以北四十里。袁紹的謀臣許攸貪財，袁紹不能滿足他；他就來投奔曹操，就勢勸說曹操攻打淳于瓊等人。曹操的部下懷疑許攸，衹有荀攸、賈詡鼓勵曹操出兵。曹操就留下曹洪守營，親自帶領步兵、騎兵五千人

夜裏出兵前往，天剛亮就到了敵營。淳于瓊等人看見曹軍人少，就出兵在營門外擺開陣勢。曹操猛攻袁軍，淳于瓊退回守營。曹操就攻打軍營。袁紹派遣騎兵來救淳于瓊。曹操的手下有人說：「敵軍騎兵逼近了，請分出一支部隊去擋住他們。」曹操發怒了，說：「敵軍到了背後再報告。」士兵們都拼死作戰，大敗淳于瓊等人，把他們都殺死了。袁紹起先聽說曹操去攻打淳于瓊時，對他的長子袁譚說：「趁着他去攻打淳于瓊等人，我去攻占他的大營。他就無處可歸了。」便派張郃、高覽去攻打曹洪。張郃等人聽說淳于瓊被消滅，就來投降曹操。袁紹軍隊大潰敗。袁紹和袁譚棄軍而逃走，渡過黃河。曹操追趕他們，卻沒有追上。曹軍繳獲了他們的全部輜重物資、地圖、文書、珍寶等，俘虜了許多士兵。曹操在繳獲的袁紹文件中，找到許都和曹軍中的人給袁紹的很多書信，但他全都給燒了。冀州各郡中，很多守將都獻出城池，投降了曹操。

原文 初，桓帝時有黃星見于楚、宋之分①，遼東殷馗善天文，言後五十歲當有真人起于梁、沛之間，其鋒不可當。至是凡五十年，而公破紹，天下莫敵矣。

馗，古逵字，見《三蒼》。

六年夏四月，揚兵河上，擊紹倉亭軍，破之。紹歸，復收散卒，攻定諸叛郡縣。

九月，公還許。紹之未破也，使劉備略汝南，汝南賊共都等應之。遣蔡揚擊都，不利，爲都所破。公南征備。備聞公自行②，走奔劉表，都等皆散。

七年春正月，公軍譙，令曰：「吾起義兵，爲天下除暴亂。舊土人民③，死喪略盡④，國中終日行，不見所識，使吾淒愴傷懷。其舉義兵已來，將士絕無後者，求其親戚以後之⑤，授土田，官給耕牛，置學師以教之。爲存者立廟，使祀其先人，魂而有靈，吾百年之後何恨哉！」遂至浚儀，治睢陽渠，遣使以太牢祀橋玄。進軍官渡。

紹自軍破後，發病歐血⑥，夏五月死。小子尚代，譚自號車騎將軍，屯黎陽。秋九月，公征之，連戰。譚、尚數敗退，固守。

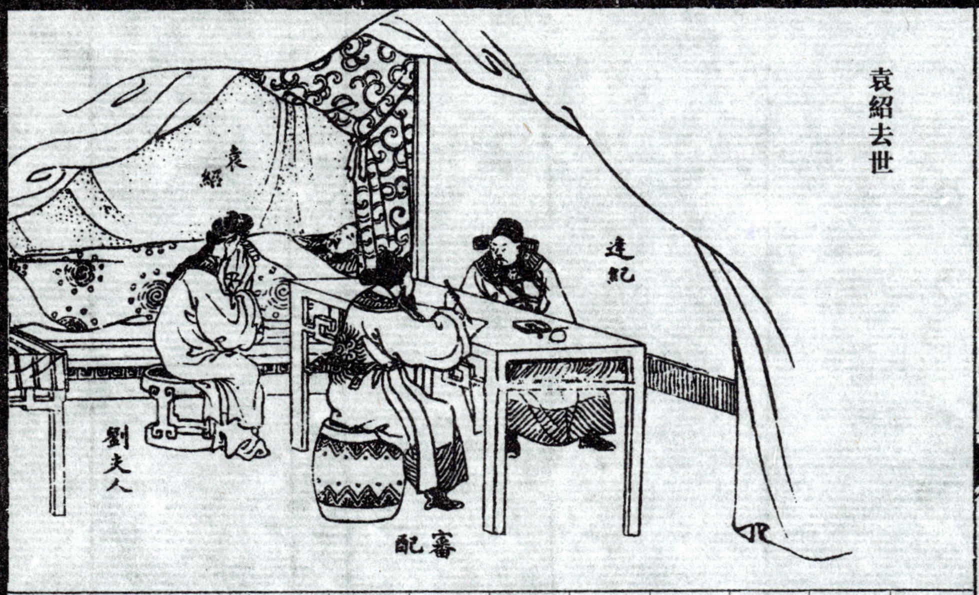

注釋

①黃星：土星，又稱作鎮星，或填星。②行：此處爲帶兵打仗，出行。③舊土：故鄉。④略：幾乎，差不多。⑤求：尋求。後：繼承。⑥歐：嘔吐。

譯文

早先，漢桓帝時，在天空上屬于楚州、宋州的分野中出現了一顆黃星。遼東人殷馗擅長天文，預言說五十年後會有眞命天子在梁、沛之間興起，勢不可擋。從那時起到曹操打敗了袁紹這一年正好間隔五十年，天下沒有人能勝過曹操了。

建安六年（公元二〇一年）夏季四月，曹操揮兵黃河邊，攻打袁紹在倉亭的駐軍，打敗了他們。袁紹回去以後，又收集了逃散的士兵，平定了反叛他的各個郡縣。

九月，曹操回到許都。袁紹還沒有被打敗時，派劉備去攻取汝南。汝南的賊人共都等人響應他。曹操派蔡揚去攻打共都，沒有取勝，被共都打敗了。曹操向南親征劉備。劉備聽說曹操親自出征，逃去投奔劉表。共都等人全都潰散了。

建安七年（公元二〇二年）春季正月，曹操的軍隊駐扎在譙縣，發布命令，說：「我興起義兵，爲天下除去暴亂。故鄉的人民差不多死光了。在縣境內走上一天，也見不到一個認識的人，這讓我非常痛心。自從興義兵以來，我軍將士絕了後的，就尋找他們的親戚做他們的後嗣，分給土地，官府發給他們耕牛，設立學校，派老師教育他們。幫助活下來的人建立宗廟，讓他們能祭祀自己的祖先，如果死者有魂靈的話，我死後也就沒有什麼遺憾了。」于是曹操到浚儀，修治睢陽渠，派使者用太牢的祭品祭祀橋玄。接着又進軍官渡。

袁紹在軍隊被曹操打敗後，得了重病，吐血而死。他的小兒子袁尚承襲了他的職位。袁譚自稱爲車騎將軍，駐在黎陽。秋季九月，曹操去征討他們，接連打了幾仗。袁譚、袁尚連連敗退，閉關不出。

原文

八年春三月，攻其郭①，乃出戰，擊，大破之，譚、尚夜遁。

夏四月，進軍鄴。五月還許，留賈信屯黎陽。

己酉，令曰：「《司馬法》『將軍死綏』，故趙括之母，乞不坐括。是古之將者，軍破于外，而家受罪于內也。自命將征行，但賞功而不罰罪，非國典也。其令諸將出征，敗軍者抵罪，失利者免官爵。」

《魏書》曰：「綏，却也。有前一尺，無却一寸。」

秋七月，令曰：「喪亂已來，十有五年，後生者不見仁義禮讓之風，吾甚傷之。其令郡國各修文學，縣滿五百戶置校官②，選其鄉之俊造而教學之③，庶幾先王之道不廢④，而有以益于天下。」

八月，公征劉表，軍西平。公之去鄴而南也，譚、尚爭冀州，譚爲尚所敗，走保平原。尚攻之急，譚遣辛毗乞降請救。諸將皆疑，荀攸勸公許之，公乃引軍還。

冬十月，到黎陽，爲子整與譚結婚。尚聞公北，乃釋平原還鄴。東平呂曠、呂翔叛尚，屯陽平，率其衆降，封爲列侯。

臣松之案：「魏武或以權宜與之約言；今云結婚，未必便以此年成禮。」

《魏書》曰：「譚之圍解，陰以將軍印綬假曠。曠受印送之。」

注釋

①郭：外城。②校官：主管學校的官員。③俊造：俊士和造士。俊士指才智俊秀

的人，造士指有一定的學業成就的人。④庶幾：也許可以。表示希望的意思。

譯文

建安八年（公元二〇三年）春季三月，曹操攻打袁譚他們駐守的外城，袁軍才出來交戰。曹操攻擊袁軍，把他們打得大敗。袁譚、袁尚連夜逃走。

夏季四月，曹操進軍鄴城，五月回到許都，留下賈信駐守黎陽。

己酉那天，曹操下令：「《司馬法》上說：『將軍因爲退卻而被處死。』所以趙括的母親請求不要因趙括打敗仗而受連坐。這是由于古代將領在外面打了敗仗，自己的家庭就要在國內被治罪。自從我委派將領出征以來，衹奬賞有功的而不懲罰有罪的，這不符合國家的典章。現在命令各位將領出征時，作戰失敗的要依法治罪，作戰不利的免去官職與爵位。」

秋季七月，曹操下令說：「戰亂以來已經十五年了。青年人沒有見到仁義禮讓的風氣，我爲此十分擔憂。現在命令各個郡國都要提倡文化教育。滿五百戶人口的縣要設置學校和學官，挑選當地的優秀子弟來教育。這樣才不會使先王的道義被荒廢，並且有益于天下。」八月，曹操去征討劉表，駐扎在西平。曹操離開鄴城向南進發時，袁譚與袁尚爭奪冀州。袁譚被袁尚打敗，逃到平原防守。袁尚加緊攻打他。袁譚派辛毗去向曹操請求投降並要求支援。曹軍衆將領都懷疑袁譚，衹有荀攸勸說曹操答應。曹操便領兵回去了。

冬季十月，曹操到達黎陽，讓兒子曹整與袁譚女兒結婚。袁尚聽說曹操北上，就停止對平原的進攻，回到鄴城。東平人呂曠、呂翔背叛了袁尚，駐扎在陽平。他們率領部下投降了曹操，被封爲列侯。

原文

九年春正月，濟河，遏淇水入白溝以通糧道。

二月，尚復攻譚，留蘇由、審配守鄴。公進軍到洹水，由降。既至，攻鄴，爲土山、地道。武安長尹楷屯毛城，通上黨糧道①。夏四月，留曹

沮音菹，河朔間今猶有此姓。鵠，沮授子也。

《曹瞞傳》曰：「遣候者數部前後參之。」

孫盛云：「昔者先王之爲誅賞也，將以懲惡勸善，永彰鑒戒。」

洪攻鄴，公自將擊楷，破之而還。尚將沮鵠守邯鄲②，又擊拔之。易陽令韓範、涉長梁岐舉縣降，賜爵關內侯。

五月，毀土山、地道，作圍塹，決漳水灌城；城中餓死者過半。

秋七月，尚還救鄴，諸將皆以爲「此歸師，人自爲戰，不如避之」。公曰：「尚從大道來，當避之；若循西山來者，此成禽耳。」尚果循西山來③，臨滏水爲營。夜遣兵犯圍，公逆擊破走之，遂圍其營。未合，尚懼，遣故豫州刺史陰夔及陳琳乞降④，公不許，爲圍益急。尚夜遁，保祁山，追擊之。其將馬延、張顗等臨陳降，衆大潰，尚走中山。盡獲其輜重，得尚印綬節鉞，使尚降人示其家，城中崩沮。

八月，審配兄子榮夜開所守城東門內兵⑤。配逆戰，敗，生禽配，斬之，鄴定。公臨祀紹墓，哭之流涕；慰勞紹妻，還其家人寶物，賜雜繒絮，廩食之。

注釋

①上黨：地名，治所在今山西長治壺關。②沮鵠：人名，袁紹的謀士。③西山：也就是太行山。④乞降：乞求投降。⑤內：通「納」，接納。

譯文

建安九年（公元二〇四年）春季正月，曹操渡河，堵住了淇河，讓河水流入白溝，以打通運糧的道路。

二月，袁尚又去攻打袁譚，留下蘇由與審配守衛鄴城。曹操進軍到了洹水，蘇由投降了。曹操到了鄴城以後，發兵攻打，修築了土山與地道。武安縣長尹楷駐扎在毛城，保證上黨的糧道暢通。夏季四月，曹操留下曹洪攻打鄴城，他親自率領士兵攻打尹楷，把他打垮以後才回來。袁尚的部將沮鵠守衛邯鄲，曹操又攻克了邯鄲。易陽令韓範、涉長梁岐獻出本縣投降，被賜予關內侯的爵位。

決漳河許攸獻計

許攸原爲袁紹謀事，因不得重用，而改投曹操。袁紹死後，許攸獻計決漳河水淹冀州城，以此攻克冀州城，令袁尚兵敗逃亡，審配身首異處。冀州城一陷，袁紹基業徹底崩潰。

五月，曹操拆毀了土山與地道，修建了圍城的深溝，掘開漳河水灌入城內，城內人有一半多餓死。

秋季七月，袁尚回來救鄴城，衆將領都認爲：「這是回來救城的軍隊，爲保家而戰，我們不如避開他們。」曹操說：「袁尚從大道回來，我們應當避開他們；如果他沿着西山過來，這就是要被我們擒獲了。」袁尚果然沿着西山回來，到滏水邊上扎了營壘。袁尚在夜裏派兵侵犯包圍圈，曹操迎擊，打跑了他們，接着就包圍了袁尚的營壘。還沒有合圍時，袁尚就害怕了，派遣以前的豫州刺史陰夔和陳琳來乞求投降，曹操不答應，對袁尚的圍攻更急。袁尚在夜裏逃跑，來到祁山。曹操追擊他。袁尚的部將馬延、張顗等人臨陣投降，全軍大潰敗，袁尚逃向中山。曹操獲得了袁尚的全部輜重，得到了袁尚的印章綬帶與符節斧鉞，讓投降的袁尚部下拿給他們的家人看。城中人心渙散。

八月，審配的侄子審榮夜裏打開他守衛的城東門放進曹軍。審配迎戰，戰敗。曹軍活捉了審配，砍了他的頭。鄴城被平定了。曹操到袁紹的墓前祭祀，痛哭流淚；慰問了袁紹的妻子，把袁紹家裏人的財物還給他們，並賜給他們雜色布帛與絲絮，由官府倉庫供給他們糧食。

原文

初，紹與公共起兵，紹問公曰：「若事不輯①，則方面何所可

審配引頸受刑

據？」公曰：「足下意以爲何如②？」紹曰：「吾南據河，北阻燕、代，兼戎狄之衆③，南向以爭天下，庶可以濟乎？」公曰：「吾任天下之智力，以道禦之，無所不可。」

九月，令曰：「河北罹袁氏之難④，其令無出今年租賦！」重豪强兼併之法⑤，百姓喜悅。天子以公領冀州牧，公讓還兗州。

公之圍鄴也，譚略取甘陵、安平、勃海、河間。尚敗，還中山。譚攻之，尚奔故安，遂並其衆。公遺譚書，責以負約，與之絕婚，女還，然後進軍。譚懼，拔平原，走保南皮。

十二月，公入平原，略定諸縣。

馳書絶婚

注釋 ①輯：成功。②足下：對別人的敬稱。③燕、代：春秋兩個國家的名字，相當于河北省北部和山西東北部的一帶。戎狄：我國對少數民族的泛稱。古代稱西方的游牧部落爲戎，北方的游牧部落爲狄。④河北：黄河以北地區。罹：遭受。⑤重：加重。

譯文 當初，袁紹與曹操共同起兵。袁紹問曹操說：「您如果大事沒有成功，那麽哪個地區可以依據？」曹操說：「您的想法是什麽樣的？」袁紹說：「我在南面依據黄河，北面靠燕、代地區的險阻，加上戎狄的軍隊，向南以争奪天下，差不多可以成功吧？」曹操說：「我任用天下的才智與力量，以道義去指揮他們，沒有不可以辦成的事。」

九月，曹操下令說：「河北人民蒙受袁氏造成的災難，不用交納今年的租賦。」這是一部重申制止豪強兼併的法律，老百姓們很高興。天子任命曹操兼任冀州牧，曹操辭讓，回到了兖州。曹操圍攻鄴城的時候，袁譚奪取了甘陵、安平、渤海、河間等地。袁尚被打敗後，退回中山。袁譚去攻打他，袁尚又逃到故安，袁譚就吞併了袁尚的軍隊。曹操給袁譚送去書信，責備他違反了誓約，和他斷絕聯姻關係，先把袁譚的女兒送回去，然後再進軍。袁譚害怕了，放棄平原，逃到南皮去防守。

十二月，曹操進入平原城，平定了各縣。

原文 十年春正月，攻譚，破之，斬譚，誅其妻子，冀州平。下令曰：「其與袁氏同惡者，與之更始①。」令民不得復私仇，禁厚葬②，皆一之于法。是月，袁熙大將焦觸、張南等叛攻熙、尚，熙、尚奔三郡烏丸。觸等舉其縣降，封爲列侯。初討譚時，民亡椎冰，令不得降。頃之，亡民有詣門首者，公謂曰：「聽汝則違令③，殺汝則誅首，歸深自藏，無爲吏所獲。」民垂泣而去；後竟捕得。

《魏書》曰：「公攻譚，旦及日中不決；公乃自執桴鼓，士卒咸奮，應時破陷。」

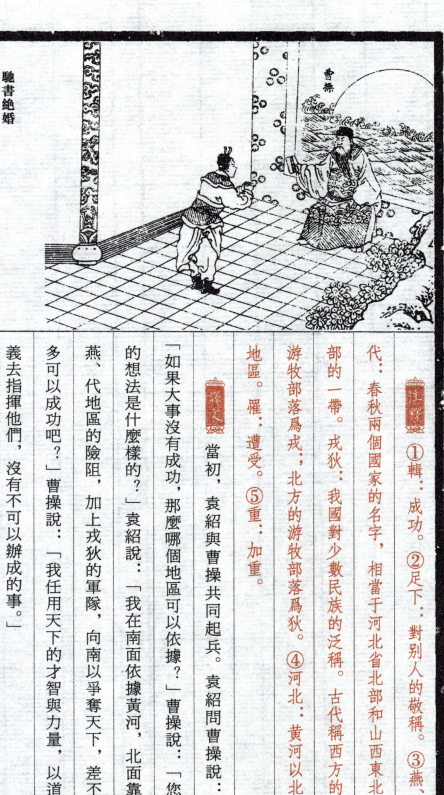

《續漢書·郡國誌》曰：「獷平，縣名，屬漁陽郡。」

敲冰拽船

夏四月，黑山賊張燕率其衆十餘萬降，封爲列侯。故安趙犢、霍奴等殺幽州刺史、涿郡太守。三郡烏丸攻鮮于輔于獷平④。秋八月，公征之，斬犢等，乃渡潞河救獷平，烏丸奔走出塞⑤。

注釋 ①更始：重新開始，改過自新。②禁：禁止，不允許。③聽：聽任，任憑。④獷平：縣名，屬于漁陽鎮，在現在的北京市密雲縣的東北。⑤奔：逃跑。

譯文 建安十年（公元二〇五年）春季正月，曹操攻打袁譚，打敗了他，殺了袁譚和他的妻子兒女。冀州平定了。曹操下令說：「那些與袁氏一起作惡的人，給他們一個改過自新的機會。」曹操下令百姓們不得私自復仇，禁止厚葬，全都用

法律統一治理。這個月，袁熙的大將焦觸、張南等人叛變，攻打袁熙、袁尚。袁熙、袁尚逃到三郡烏丸人那裏去了。焦觸等人獻出所在的縣城投降，被封爲列侯。先前征討袁譚時，有些被徵用鑿冰的百姓逃跑了，曹操下令不許接受這些人投降。不久，有個逃亡的百姓到軍營門口來自首。曹操說：「接受你投降，就是違反了命令。殺了你又屬誅殺自首的人。你回去藏到深山裏，不要讓官吏們捉到。」這個百姓哭着走了，最終還是被官府捕獲。

夏季四月，黑山賊人張燕率領他的部下十幾萬人投降，被封爲列侯。故安人趙犢、霍奴等人殺死了幽州刺史和涿郡太守。三郡烏丸在獷平攻打鮮于輔。

秋季八月，曹操征討他們，殺死了趙犢等人，又渡河去援救獷平，烏丸人逃到塞外。

原文 九月，令曰：「阿黨比周①，先聖所疾也②。聞冀州俗，父子異部，更相毀譽③。昔直不疑無兄④，世人謂之盜嫂；第五伯魚三娶孤女，謂之撾婦翁；王鳳擅權⑤，谷永比之申伯；王商忠議，張匡謂之左道：此皆以白爲黑，欺天罔君者也。吾欲整齊風俗，四者不除，吾以爲羞。」

冬十月，公還鄴。

初，袁紹以甥高干領并州牧，公之拔鄴，干降，遂以爲刺史。干聞公討烏丸，乃以州叛，執上黨太守，舉兵守壺關口。遣樂進、李典擊之，干還守壺關城。

十一年春正月，公征干。干聞之，乃留其別將守城，走入匈奴，求救于單于，單于不受。公圍壺關三月，拔之。干遂走荆州，上洛都尉王琰捕斬之。

注釋　①阿黨：結成死黨。比周：互相勾結。②疾：厭惡、痛恨。③更相：相互。毀譽：誹謗，吹捧。④直不疑：人名，南陽人，漢文帝時做郎官。⑤擅權：獨攬大權。

譯文　九月，曹操下令說：「結成私黨互相袒護，這是古代聖賢最痛恨的。我聽說冀州地方的風俗是父親與兒子各自結成一幫，互相詆毀，自我吹捧。過去直不疑沒有兄長，世人卻說他與嫂嫂私通；第五伯魚三次結婚娶的都是孤女，人們卻說他毆打岳父；王鳳獨霸大權，谷永把他比喻成賢明的申伯；

王商忠誠地爲朝廷謀劃，張匡卻說他是旁門左道。這些全都是顛倒黑白，欺騙上天與君主的事例。我想要端正社會風俗，這四種弊端不消除，就是我的恥辱。」

冬季十月，曹操回到鄴城。

早先，袁紹讓他的外甥高干兼任并州牧，曹操攻下鄴城，高干投降，就任命他做并州刺史。高干聽說曹操去討伐烏丸，就在并州叛亂，抓住了上黨太守，發兵守住壺關關口。曹操派樂進和李典去攻打他。高干退回防守壺關城。

建安十一年（公元二〇六年）春季正月，曹操討伐高干。高干聽說後，便留下他的偏將守壺關城，自己跑到匈奴，向匈奴單于求救，匈奴單于沒有答應。曹操包圍壺關三個月，攻克了壺關城。高干就逃向荆州，上洛都尉王琰抓住高干，把他殺了。

原文　秋八月，公東征海賊管承，至淳于①，遣樂進、李典擊破之，承走入海島。割東海之襄賁、郯、戚以益琅邪②，省昌慮郡③。三郡烏丸承天下亂，破幽州，略有漢民合十餘萬戶。袁紹皆立其酋豪爲單于，以家人子爲己女，妻焉。遼西單于蹋頓尤強，爲紹所厚，故尚兄弟歸之，數入塞爲害。公將征之，鑿渠，自呼沲入泒水，名平虜渠；又從泃河口鑿入潞河，名泉州渠，以通海。

十二年春二月，公自淳于還鄴。丁酉，令曰：「吾起義兵誅暴亂，于今十九年，所征必克，豈吾功哉？乃賢士大夫之力也。天下雖未悉定，吾當要與賢士大夫共定之；而專饗其勞④，吾何以安焉！其促定功行封。」于是大封功臣二十餘人，皆爲列侯，其餘各以次受封，及復死事之孤⑤，輕重各有差。

注釋 ①淳于：縣名，在山東省安丘縣東北。②郯：縣名，在山東省郯城縣北。③省：減省，引申爲撤銷。昌慮郡：建安三年曹操新建，治所在昌慮縣。④饗：享受。⑤復：免除徭役租稅。

譯文 秋季八月，曹操東征沿海的賊寇管承，到了淳于，派樂進、李典去打敗了管承，管承逃到

海島上去。曹操從東海郡割出襄賁、郯縣、戚縣劃歸琅琊郡，撤銷了昌慮郡。三郡烏丸人趁着天下大亂，攻下幽州，搶走十幾萬戶漢族百姓。袁紹把他們的酋長和豪強都立爲單于，把親屬的女兒認作自己的女兒，嫁給這些酋豪做妻子。遼西單于蹋頓的勢力最強，受到袁紹的優待，所以袁尚兄弟去投奔他。他們多次進入塞內，造成危害。曹操準備去討伐他們，便開鑿河渠，從呼沲河通到泒水，給它起名叫平虜渠。曹軍又從泃河口挖渠通入潞河，叫作泉州渠，通過它和大海相連。

建安十二年（公元二〇七年）春季二月，曹操從淳于回到鄴城。二月丁酉那一天，下令說：「我興起義兵討伐暴亂，至今已十九年了。每次出征一定取得勝利，這難道是我的功勞嗎？這是賢明的士大夫們的功勞啊。雖然天下還沒有全部平定，

我必須要和各位賢明的士大夫一起平定天下；但是讓我獨自占有這些功勞，我怎麼能安心呢？要趕快評定各人的功勞，給予封賞。」于是封賞了二十多名功臣，把他們都封爲列侯，其餘的人按照功勞大小依次受封，並且給戰死的將士遺孤們免除了徭役賦稅，其輕重多少按照等級有所不同。

【原文】將北征三郡烏丸，諸將皆曰：「袁尚，亡虜耳①，夷狄貪而無親，豈能爲尚用？今深入征之，劉備必説劉表以襲許。萬一爲變，事不可悔。」惟郭嘉策表必不能任備②，勸公行。夏五月，至無終。

秋七月，大水，傍海道不通，田疇請爲鄉導③，公從之。引軍出盧龍塞，塞外道絶不通，乃塹山堙谷五百餘里，經白檀，歷平岡④，涉鮮卑庭，東指柳城。未至二百里，虜乃知之。尚、熙與蹋頓、遼西單于樓班、右北平單于能臣抵之等將數萬騎逆軍。

八月，登白狼山，卒與虜遇，衆甚盛。公車重在後，被甲者少，左右皆懼。公登高，望虜陳不整，乃縱兵擊之，使張遼爲先鋒，虜衆大崩，斬蹋頓及名王已下，胡、漢降者二十餘萬口。遼東單于速僕丸及遼西、北平諸豪，棄其種人⑤，與尚、熙奔遼東，衆尚有數千騎。初，遼東太守公孫康恃遠不服。及公破烏丸，或説公遂征之，尚兄弟可禽也。公曰：「吾方使康斬送尚、熙首，不煩兵矣。」

九月，公引兵自柳城還，康即斬尚、熙及速僕丸等，傳其首。諸將或問：「公還而康斬送尚、熙，何也？」公曰：「彼素畏尚等，吾急之則並力，緩之則自相圖，其勢然也。」

十一月至易水，代郡烏丸行單于普富盧、上郡烏丸行單于那樓將其名王來賀。

【注釋】①亡虜：逃亡的敵人。耳：罷了，語氣詞。②策：推斷。③田疇：人物名，字子泰。鄉導：向導。④平岡：縣名，西漢置縣，在河北省灤平縣東北。⑤種人：同一個部族的人。

【譯文】曹操要去北方征討三郡烏丸。衆將領都説：「袁尚是個喪家之犬。夷狄部族貪財又不講親戚情誼，怎麼會被袁尙利用呢？現在深入烏丸境內去征伐他們，劉備一定會鼓動劉表來襲擊許都，萬一出現變故，後悔也來不及了。」衹有郭嘉估計劉表一定不會任用劉備，勸曹操出征。夏季五月，曹操到了無終。

秋季七月，發大水，沿海的道路不通。田疇請求做向導，曹操答應了。田疇領兵從盧龍塞出關。塞外的道路斷了，無法通行。曹軍就開鑿山路，填平河谷，修路五百多里，經過白檀、平岡，穿過鮮卑的居住區，向東直奔柳城。距柳城還有二百多里時，對方才知道。袁尙、袁熙和蹋頓、遼西單于樓班、右北平單于能臣抵之等人率領幾萬名騎兵迎擊曹軍。

八月，曹操登上白狼山，與敵人突然相遇，敵兵很多。曹操軍隊的車輛輜重都在後面，披甲的士兵很少。侍衛和將領都很驚慌害怕。曹操登上高處，看到敵人的陣容不整齊，就指揮軍隊出擊，讓張遼做先鋒。敵人軍隊被徹底擊潰。曹軍殺死了蹋頓和其他有名望的單于等各級烏丸首領，招降的胡人、漢人一共二十多萬。遼東單于速僕丸和遼西、北平各部酋長，扔下了他們部族的人民，和袁尙、袁熙逃往遼東，他們衹剩幾千名騎兵。從前，遼東太守公孫康依仗地區偏遠，不服從曹操，到了曹操打敗烏丸後，有的人勸說曹操趁勢征伐遼東，可以抓住袁尙兄弟。曹操說：「我正要讓公孫康砍下袁尙、袁熙二人的頭送來，不用煩勞軍隊了。」

九月，曹操領兵從柳城回來，公孫康立即砍下了袁尙、袁熙和速僕丸等人的頭，把它們用驛馬送來。將領中有人問道：「您一收兵回來，公孫康就砍下了袁尙、袁熙的頭送來，這是爲什麼呢？」曹操說：「公孫康一直害怕袁尙等人。我逼急了，他們就會合力抵抗；我放鬆一點，他們就會互相殘殺。這是形勢發展的必然。」

十一月，曹操到易水，代郡烏丸行單于普富盧、上郡烏丸行單于那樓率領有名望的烏丸首領們前來祝賀。

郭嘉遺計定遼東

建安十二年（公元二〇七年）秋，曹操聽從謀事郭嘉建議揮師北上，在白狼山殲滅烏桓主力和袁尚、袁熙勢力。並用郭嘉計謀誘使公孫康殺袁氏，自己坐收漁翁之利，輕取遼東。

原文

十三年春正月，公還鄴，作玄武

肄，以四反。三蒼曰：「肄，習也。」

訓練水軍

池以肄舟師①。漢罷三公官②，置丞相、御史大夫③。

夏六月，以公爲丞相。

秋七月，公南征劉表。八月，表卒，其子琮代，屯襄陽，劉備屯樊。九月，公到新野④，琮遂降，備走夏口。公進軍江陵，下令荊州吏民，與之更始。乃論荊州服從之功，侯者十五人，以劉表大將文聘爲江夏太守，使統本兵，引用荊州名士韓嵩、鄧義等。益州牧劉璋始受徵役⑤，遣兵給軍。

十二月，孫權爲備攻合肥。公自江陵征備，至巴丘，遣張憙救合肥。權聞憙至，乃走。公至赤壁，與備戰，不利。于是大疫，吏士多死者，乃引軍還。備遂有荊州江南諸郡⑥。

注釋　①肄：練習，學習。②罷：廢除。③置：設置。④新野：縣名，在河南省新野縣。⑤益州：州名，治所在成都。劉璋：人名，字季玉。⑥江南諸郡：指武陵、零陵、長沙、貴陽等。

譯文　建安十三年（公元二〇八年）春季正月，曹操回到鄴城，修建了玄武池訓練水軍。漢朝廷廢除了三公的官職，設置了丞相和御史大夫。

夏季六月，漢獻帝任命曹操爲丞相。

秋季七月，曹操南征劉表。八月，劉表去世，他的兒子劉琮接替了他的職位，駐扎在襄陽，劉備駐扎在樊城。九月，曹操到達新野，劉琮就投降了，劉備逃往夏口。曹操進軍江陵，向荊州的官員和百姓下達命令，叫他們跟從新主人，開始新生活。曹操又評議這次降服中荊州官員們的功績，給十五個人封了侯位；任命原劉表的大將文聘爲江夏太守，讓他統領原有的軍隊；又選用了荊州的名士韓嵩、鄧義等人。益州牧劉璋也開始接受朝廷徵派的徭役，派士兵來補充曹操的軍隊。

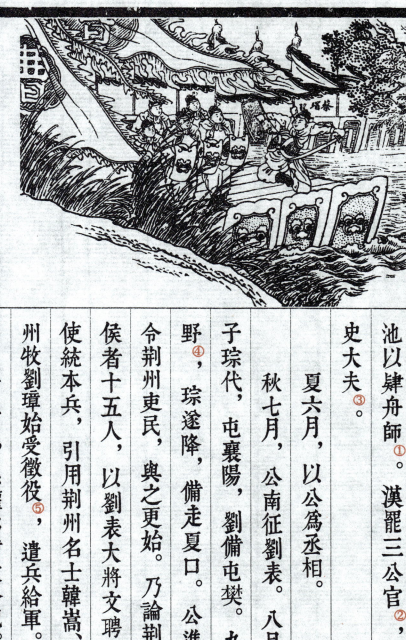

十二月，孫權爲了劉備而攻打合肥。曹操從江陵出發征討劉備，到了巴丘，派張憙去救合肥。孫權聽說張憙到了，就撤退了。曹操到了赤壁，與劉備作戰，沒有取勝。在那個地方發生了大瘟疫，官吏士兵中很多人都病死了。曹操就領兵回去。劉備便占有了荊州在長江以南的各個郡。

原文

十四年春三月，軍至譙，作輕舟，治水軍①。秋七月，自渦入淮，出肥水②，軍合肥。辛未，令曰：「自頃已來，軍數征行，或遇疫氣，吏士死亡不歸，家室怨曠③，百姓流離，而仁者豈樂之哉？不得已也。其令死者家無基業不能自存者，縣官勿絕廩④，長吏存恤撫循，以稱吾意。」置揚州郡縣長吏，開芍陂屯田⑤。

十二月，軍還譙。

十五年春，下令曰：「自古受命及中興之君，曷嘗不得賢人君子與之共治天下者乎！及其得賢也，曾不出閭巷，豈幸相遇哉？上之人不求之耳。今天下尚未定，此特求賢之急時也。『孟公綽爲趙、魏老則優，不可以爲滕、薛大夫。』若必廉士而後可用，則齊桓其何以霸世！今天下得無有被褐懷玉而釣于渭濱者乎？又得無盜嫂受金而未遇無知者乎？二三子其佐我明揚仄陋，唯才是舉，吾得而用之。」冬，作銅雀臺。

銅雀臺

注釋

①治：訓練。②肥水：水名，在安徽省中部。③家室：夫婦，也指家屬、家庭。怨曠：男女成年不能婚配的，男的稱曠男，女的稱爲怨女。④縣官：國家和各級政府。⑤芍陂：古代淮水最著名的水利工程。

譯文

建安十四年（公元二〇九年）春季三月，曹軍到了譙縣，製造輕快的小型戰船，操練水軍。秋季七月，曹軍從渦河進入淮河，經肥水上陸，駐扎在合肥。辛未那一天，曹操

《魏書》曰：「庚辰，天子報：减户五千，分所讓三縣萬五千封三子。」

下命令說：「自從近幾年以來，軍隊多次出征。有時會遇上瘟疫，官吏和士兵死亡，回不了家，家屬怨恨，夫妻離別，百姓們流離失所。這難道是仁義之士願意見到的嗎？衹是不得已啊！現在命令：對那些死亡將士家中沒有產業，家屬無法養活自己的，官府不得停止供應口糧，地方長官要加以撫恤慰問。這樣才符合我的心意。」曹操設置了揚州各郡縣的長官，開挖了芍陂，讓軍隊屯田。

十二月，曹軍回到譙縣。

建安十五年（公元二一〇年）春天，曹操下命令說：「自古以來，承受天命建國的君主與中興的君主，有誰沒有得到過賢人與君子和他一起治理天下呢？那些被他們得到的賢人，有些還沒有走出過里巷，難道是他們僥幸相遇的嗎？衹不過是有些執政的人不去尋訪罷了。現在天下還沒有平定，這正是特別急切地尋求賢人的時候。『孟公綽做趙國、魏國的長老就很優秀，但做滕國、薛國的大夫卻很平庸。』如果都像這樣一定要任用廉潔的士人，那麼齊桓公靠什麼在世上稱霸？現在天下難道沒有像姜太公那樣穿着粗布衣，胸懷大才，在渭河邊上釣魚的人嗎？又難道沒有像陳平那樣有私通嫂嫂、接受黃金的名聲，卻沒有遇到魏無知那樣的伯樂的嗎？你們要幫助我推舉選用地位卑賤的賢人，衹依據才能舉薦，讓我能夠得到他們，使用他們。」冬季，曹操建造了銅雀臺。

曹操大宴銅雀臺

建安十五年（公元二一〇年），曹操取得北征、東進等勝利之後，在此大興土木，建成銅雀、金鳳、玉龍三臺。其中銅雀臺最爲壯觀，臺上樓宇連闕，建成之日，曹操在臺上大宴羣臣，慷慨陳述自己匡復天下的決心和意志，又命武將比武，文官作文，以助酒興。

原文

十六年春正月，天子命公世子丕爲五官中郎將，置官屬①，爲丞相副。太原商曜等以大陵叛，遣夏侯淵、徐晃圍破之。張魯據漢中，三月，遣鍾繇討之。公使淵等出河東與繇會。是時關中諸將疑繇欲自襲，馬超遂與韓遂、楊秋、李堪、成宜等叛。遣曹仁討之。超等屯潼關，公敕諸將②：「關西兵精悍，堅壁勿與戰。」

秋七月，公西征，與超等夾關而軍。公急持之③，而潛遣徐晃、朱靈等夜渡蒲阪津，據河西爲營。公自潼關北渡，未濟，超赴船急戰。校尉丁斐因放牛馬以餌賊④，賊亂取牛馬，公乃得渡，循河爲甬道而南⑤。賊退，拒渭口，公乃多設疑兵，潛以舟載兵入渭，爲浮橋，夜，分兵結營于渭南。賊夜攻營，伏兵擊破之。超等屯渭南，遣信求割河以西請和，公不許。

九月，進軍渡渭。超等數挑戰，又不許；固請割地，求送任子，公用賈詡計，僞許之。韓遂請與公相見，公與遂父同歲孝廉，又與遂同時儕輩，于是交馬語移時，不及軍事，但說京都舊故，拊手歡笑。既罷，超等問遂：「公何言？」遂曰：「無所言也。」超等疑之。他日，公又與遂書，多所點竄，如遂改定者；超等愈疑遂。公乃與剋日會戰，先以輕兵挑之，戰良久，乃縱虎騎夾擊，大破之，斬成宜、李堪等。遂、超等走涼州，楊秋奔安定，關中平。諸將或問公曰：「初，賊守潼關，渭北道缺，不從河東擊馮翊而反守潼關，引日而後北渡，何也？」公曰：「賊守潼關，若吾入河東，賊必引守諸津，則西河未可渡，吾故盛兵向潼關；賊悉衆南守，西河之備虛，故二將得擅取西河；然後引軍北渡，賊不能與吾爭西河者，以有二將之軍也。連車樹柵，爲甬道而南，既爲不可勝，且以示弱。渡渭爲堅壘，虜至不出，所以驕之也；故賊不爲營壘而求割地。吾順言許之，所以從其意，使自安而不爲備，因畜士卒之力，一旦擊之，所謂疾雷不及掩耳，兵之變化，固非一道也。」始，賊每一部到，公輒有喜色。賊破之後，諸將問其故。公答曰：「關中長遠，若賊各依險阻，征之，不一二年不可定也。今皆來集，其衆雖多，莫相歸服，軍無適主，一舉可滅，爲功差易，吾是以喜。」

注釋

①官屬：主官的屬吏。②敕：命令，告誡。③持：挾持，牽制。④餌賊：誘惑敵人。⑤循：沿着。

譯文

建安十六年（公元二一一年）春季正月，漢獻帝任命曹操的世子曹丕做五官中郎將，設置了五官中郎將的屬官，讓曹丕做丞相的助手。太原人商曜等人占領大陵叛變。曹操派遣夏侯淵、徐晃包圍大陵，攻克了它。張魯占據了漢中，三月曹操派遣鍾繇去討伐他，又派夏侯淵等人從河東出發與鍾繇會合。當時關中的衆軍閥都疑心鍾繇會來襲擊自己，馬超便與韓遂、楊秋、李堪、成宜等人叛變。曹操派遣曹仁討伐他們。馬超等人駐扎在潼關。曹操告誡各路將領說：「關西的軍隊精銳強悍，你們要堅壁防守，不要與他們作戰。」

秋季七月，曹操西征，與馬超等人在潼關兩側相對駐軍。曹操緊緊地牽制住馬超，同時悄悄地派徐晃、朱靈等人在夜裏渡過蒲阪津，依據黃河西邊扎營。曹操從潼關向北渡河，尚未完全渡過時，馬超趕來猛攻曹操的戰船。校尉丁斐便把牛馬放出來作爲誘餌，馬超軍去亂搶牛馬，曹操才得以渡河，沿着黃河修築通道向南進軍。馬超軍退回去在渭口抵擋曹軍。曹操就大設疑兵，悄悄地用船把軍隊運入渭河，造了浮橋，在夜裏調動一支軍隊到渭河南岸扎營。馬超軍在夜裏來攻打曹營。曹操埋伏下軍隊打敗了他們。馬超等人退守渭河南岸，派人送信請求割讓黃河以西的土地講和，曹操不答應。

九月，曹操進軍，渡過渭河。馬超等人多次挑戰，曹操不應戰。馬超等人一再請求割讓土地，並

送子弟作爲人質。曹操采納了賈詡的建議，假裝答應了。韓遂請求和曹操相見。曹操與韓遂的父親在同一年被選爲孝廉，又和韓遂年齡相近，輩分相同。于是兩個人馬頭相錯，談了很久，談話中不牽扯軍事，祇是提及京城中舊日的朋友，興致高處兩人拍手歡笑。談完以後，馬超等人問韓遂：「曹操跟你講了些什麼？」韓遂說：「沒有說什麼要緊的。」馬超等人便開始起疑心了。過了幾天，曹操又給韓遂寫信。信中文字有很多處塗改，像是經韓遂掩蓋的樣子。馬超等人更加懷疑韓遂了。曹操就和馬超等人約定日子會戰，先派出輕裝的軍隊來挑戰，交戰很久，曹操再出動勇猛的騎兵從兩面夾擊，把敵人打得大敗，殺死了成宜、李堪等人。韓遂、馬超等人逃到涼州去，楊秋逃到安定去，關中地區被平定了。曹操的部將中有人問：「以前，敵人守住潼關，渭北的道路無人防備。我們不從河東去攻打馮翊，卻緊盯着潼關，拖延了很長時間才北渡黃河。這是爲什麼呢？」曹操說：「敵軍守住潼關，如果我們到河東去，敵軍一定移過來守衛各個渡口，這樣就無法渡過黃河西岸。我故意用重兵向潼關進攻；敵人就把全部兵力放在南面守衛，西河的守備空虛，所以我方的兩位將軍才能全力攻占西河；然後我們領兵北渡。賊軍不能和我們爭奪西河的原因，就是那裏有我們兩位將軍的軍隊了。我們把軍車相連，

曹操抹書間韓遂

公元二一一年，以驍將馬超、韓遂爲首聯軍，聚集十餘萬人馬，據守潼關抗曹。曹操假裝與韓遂交往甚密，並將塗抹的書信送于韓遂處，離間二人。馬超果然中計，曹操趁機出兵進攻，馬超、韓遂大敗，逃回涼州，成宜、李堪等人戰死。

修起柵欄，築成通道向南進軍，既讓敵人無法襲擊取勝，又向敵人表示我們力量弱小。渡過渭河，築起堅固的堡壘，敵軍到來也不出戰，讓敵人驕傲輕敵。所以敵人不修築營壘，衹請求割地講和。我順着他們的話答應，用來依從他們的意思，讓他們安心，不加防備，趁機積蓄力量，休養士兵，一旦進攻敵人，就是迅雷不及掩耳的力量。用兵變化莫測，本來就不能有一定的程式。」起先敵人每一支部隊來臨時，曹操就面露喜色。敵軍被打敗後，衆將軍問他爲什麼面帶喜色。曹操回答說：「關中地區遼闊廣大，如果敵軍各自憑借險阻守衛，我們去征討他們，沒有一、二年的工夫是不能平定的。現在他們全集合到這裏來，敵人的軍隊雖然多，但他們互相之間不服，沒有歸屬感，軍隊中沒有一個統帥，我們可以一舉殲滅，比較容易成功。我

因此感到高興。」

原文

冬十月，軍自長安北征楊秋，圍安定。秋降，復其爵位①，使留撫其民人。

十二月，自安定還，留夏侯淵屯長安。

十七年春正月，公還鄴。天子命公贊拜不名②，入朝不趨③，劍履上殿④；如蕭何故事⑤。馬超餘衆梁興等屯藍田，使夏侯淵擊平之。割河內之蕩陰、朝歌、林慮，東郡之衛國、頓丘、東武陽、發干，鉅鹿之廮陶、曲周、南和，廣平之任城，趙之襄國、邯鄲、易陽以益魏郡。

冬十月，公征孫權。

十八年春正月，進軍濡須口，攻破權江西營，獲權都督公孫陽，乃引軍還。詔書併十四州，復爲九州。夏四月，至鄴。

注釋 ①復：恢復。②贊拜：古代臣子朝拜皇帝時司儀在旁邊唱導。不名：不直接稱呼

《魏略》曰：「楊秋，黃初中遷討寇將軍，位特進，封臨涇侯，以壽終。」

《續漢書》曰：「虞字鴻豫，少受業于鄭玄，建安初爲侍中。」

《公羊傳》曰：「君若贅旒然。」

《詩》曰：「致天之届，于牧之野。」

夏侯淵

夏侯淵爲曹魏名將，字妙才，夏侯惇族弟，勇力過人。爲人頗重義氣，曹操起兵後，夏侯淵一直追隨曹操左右。曾隨曹操平定廬江雷緒，于潼關攻馬超、韓遂，戰功較多，被封爲博昌侯、征西將軍。

姓名，祇稱官職。③趨：小步快走，表示恭敬。④劍履上殿：允許佩戴着劍穿着鞋上殿。⑤故事：舊例。

譯文

冬季十月，曹操的軍隊從長安向北征討楊秋，包圍了安定。楊秋投降。曹操恢復了他舊有的爵位，讓他留在當地安撫民衆。

十二月，曹操從安定回來，把夏侯淵留下來駐守長安。

建安十七年（公元二一二年）春季正月，曹操率領軍隊回到鄴城。獻帝允許曹操朝見行禮時，司儀唱禮不用提及名諱，進入朝堂可以不用小步急走，還可以帶着兵器上殿，和西漢初年蕭何所享受的待遇一樣。馬超的手下梁興聚集殘兵駐扎藍田，曹操命夏侯淵去予以平定。割出河內郡的蕩陰、朝歌、林慮，東郡的衛國、頓丘、東武陽、發干，鉅鹿郡的廮陶、曲周、南和，廣平郡的任城，趙郡的襄國、邯鄲、易陽並入魏郡，來增加魏郡的地盤。

冬季十月，曹操領兵討伐孫權。

建安十八年（公元二一三年）春季正月，曹操進軍濡須口，攻克孫權在長江西岸的軍營，俘虜了孫權的都督公孫陽，然後領兵回來。漢獻帝下詔書把十四個州合併爲九個州。夏季四月，曹操回到鄴城。

原文

五月丙申，天子使御史大夫郗慮持節策命公爲魏公曰：朕以不德①，少遭愍凶②，越在西土，遷于唐、衛。當此之時，若綴旒然③，宗廟乏祀，社稷無位；羣凶覬覦④，分裂諸夏⑤，率土之民，朕無獲焉，即我高祖之命將墜于地。朕用夙興假寐，震悼于厥心，曰：「惟祖惟父，股肱先正，其孰能恤朕躬？」乃誘天衷，誕育丞相，保乂我皇家，弘濟于艱難，朕實賴之。今將授君典禮，其敬聽朕命。

昔者董卓初興國難，羣后釋位以謀王室，君則攝進，首啓戎行，此君之忠于本朝也。後及黄巾反易天常，侵我三州，延及平民，君又翦之以寧東夏，此又君之功也。韓暹、楊奉專用威命，君則致討，克黜其難，遂遷許都，造我京畿，設官兆祀，不失舊物，天地鬼神于是獲乂，此又君之功也。袁術僭逆，肆于淮南，懾憚君靈，用丕顯謀，蘄陽之役，橋蕤授首，棱威南邁，術以隕潰，此又君之功也。迴戈東征，呂布就戮，乘轅將返，張楊殂斃，眭固伏罪，張繡稽服，此又君之功也。袁紹逆亂天常，謀危社稷，憑恃其衆，稱兵内侮，當此之時，王師寡弱，天下寒心，莫有固志，君執大節，精貫白日，奮其武怒，運其神策，致届官渡，大殲醜類，俾我國家拯于危墜，此又君之功也。濟師洪河，拓定四州，袁譚、高干，咸梟其首，海盜奔迸，黑山順軌，此又君之功也。烏丸三種，崇亂二世，袁尚因之，逼據塞北，束馬縣車，一征而滅，此又君之功也。劉表背誕，不供貢職，王師首路，威風先逝，百城八郡，交臂屈膝，此又君之功也。馬超、成宜，同惡相濟，濱據河、潼，求逞所欲，殄之渭南，獻馘萬計，遂定邊境，撫和戎狄，此又君之功也。鮮卑、丁零，重譯而至，箄于、白屋，請吏率職，此又君之功也。君有定天下之功，重之以明德，班敘海内，宣美風俗，旁施勤教，恤慎刑獄，吏無苛政，民無懷慝；敦崇帝族，表繼絶世，舊德前功，罔不咸秩；雖伊尹格于皇天，周公光于四海，方之蔑如也。

注釋

①朕：自從秦始皇開始「朕」成了皇帝用來稱呼自己的專稱。②愍：憂患，憂傷。

凶：災難。③綴旒：用來比喻在這個位置上却没有實際權力。④覬覦：非分的希望，企圖。

⑤分裂：使分裂。

譯文

五月丙申，漢獻帝派御史大夫郗慮手持符節來冊封曹操爲魏公。詔書説：我因爲缺乏修養，從小就遭受到災禍和不幸，先遷到西部地區，又輾轉于古代唐國、衛國一帶。當時，我的命運像旗子上縫綴的飄帶一樣，飄忽不定。這時宗廟没有人去祭祀，社稷神位没有固定的地點安置。大批惡徒們心懷叵測，想篡奪政權，分裂國家。全國的百姓，没有一個人屬于我。我們高皇帝開創的基業，

焚金闕董卓行兇

董卓，字仲穎，陝西臨洮人。早年爲漢將，他擁兵自重，駐兵于河東，正逢京都大亂，何進被殺，董卓趁機進京廢漢少帝，立漢獻帝。他生性殘虐，當權後横徵暴斂，激起了民憤，終被王允和吕布謀殺。

眼看就要崩潰了。我因此無法安眠，心中非常哀痛，常說：「祖宗啊，父親啊，輔佐我們的公卿大夫啊，有誰能幫助我呢？」這樣才感動了上天，賜給我曹丞相，來保護我們皇室的平安，是您從艱難困苦中把我們拯救出來的，有您朕有了實在的依靠。現在要爲曹丞相您舉行典禮，請敬聽我的冊命。

過去董卓剛一發動叛亂，各地諸侯都離開自己的轄地來保衛王室，是您督促他們進軍，首先向敵軍攻擊，這是您忠心于本朝的功績。後來黄巾軍違背天意，侵占了我們三個州，連平民百姓都受到危害；您把他們消滅，平定了東方，這又是您的功勞。韓暹和楊奉專權，您前去討伐，消除了禍害，接着遷都到許昌，修建了京城，設置了百官，恢復宗廟祭祀，舊日的制度沒有喪失，天地鬼神都得到安寧，這又是您的功勞。袁術僞

稱皇帝叛亂，在淮南横行霸道，但他也懼怕您的威嚴。您施展高妙的謀略，在蕲陽交戰，殺死了橋蕤，趁着軍威向南進軍，把袁術軍隊打敗，袁術喪命，這又是您的功勞。回師東征，把吕布捕獲處死，大軍將要返回時，又把張楊消滅，眭固認罪被誅，張繡叩頭降伏，這又都是您的功勞。袁紹叛亂，擾亂天道，陰謀危害社稷，他憑借自己兵馬衆多，發動軍隊挑起内戰。在這個時候，國家的軍隊力量薄弱，天下的人民都感到失望恐懼，沒有堅定的意志。您堅守大節，您的精誠使上天也顯示出徵兆，振奮您的勇武氣魄，運用您的神妙計策，到達官渡，殲滅大量敵人，從危難滅亡中拯救了我的國家，這又是您的功勞。帶領軍隊渡過大河，平定了四州，袁譚、高幹等人都被您斬首，海盜逃竄，黑山賊人投降，這又是您的功勞。烏丸三支部族，兩代人都在擾亂邊疆，袁尚利用他們，占據塞北，您整頓軍隊，不費吹灰之力，一舉消滅了他們，這又是您的功勞。劉表荒謬昏亂，背叛朝廷，不交納租賦，國家的軍隊一上路出征，劉表就喪失了威風，八個郡的上百座城市紛紛投降，這又是您的功勞。馬超、成宜，狼狽爲奸，占據了黄河、潼關一帶，企圖實現他們的妄想，您在渭南消滅了他們，殺死的敵人數以萬計。從此平定了邊境，安撫了戎狄部族，這又是您的功勞。鮮卑、丁零這些民族，靠多重翻譯輾轉來

俾，使也。四海之隅，日出所照，無不循度而可使也。

到京城朝貢。箄于、白屋這些民族，稱臣納貢。請求派官吏去治理，這又是您的功勞。您有平定天下的功績，再加上高尚的德行，整頓了全國的秩序，推行良好的社會風俗，普遍認眞地施行教育，體貼下情，謹愼處理刑事案件，官吏們不使用苛刻的政令，百姓們沒有欺詐狡猾之心。您眞誠地尊敬和優待皇室親族，上表讓絕後的王族有人繼承，對過去的功臣和有道德的人，全都給予官職任用。即便說伊尹的功德感動了上帝，周公的政績照耀了四海之內，但和您相比都不如啊！

原文

朕聞先王並建明德①，胙之以土②，分之以民，崇其寵章③，備其禮物，所以藩衛王室④，左右厥世也。其在周成⑤，管、蔡不靜，懲難念功，乃使邵康公賜齊太公履；東至于海，西至于河，南至于穆陵，北至于無棣，五侯九伯，實得征之，世祚太師，以表東海；爰及襄王，亦有楚人不供王職，又命晉文登爲侯伯，錫以二輅、虎賁、鈇鉞、秬鬯、弓矢，大啓南陽，世作盟主。故周室之不壞，繄二國是賴。今君稱丕顯德，明保朕躬，奉答天命，導揚弘烈，綏爰九域，莫不率俾，功高于伊、周，而賞卑

于齊、晉，朕甚恧焉。朕以眇眇之身，托于兆民之上，永思厥艱，若涉淵水，非君攸濟，朕無任焉。今以冀州之河東、河內、魏郡、趙國、中山、常山、鉅鹿、安平、甘陵、平原凡十郡，封君爲魏公。錫君玄土，苴以白茅，爰契爾龜，用建冢社。昔在周室，畢公、毛公入爲卿佐，周、邵師保出爲二伯，外內之任，君實宜之。其以丞相領冀州牧如故。又加君九錫，其敬聽朕命。以君經緯禮律，爲民軌儀，使安職業，無或遷志，是用錫君大輅、戎輅各一，玄牡二駟。君勸分務本，穡人昏作，粟帛滯積，大業惟興，是用錫君袞冕之服，赤舄副焉。君敦尚謙讓，俾民興行，少長有禮，上下咸和，是用錫君軒縣之樂，六佾之舞。君翼宣風化，爰發四方，遠人革面，華夏充實，是用錫君朱戶以居。君研其明哲，思帝所難，官才任賢，羣善必舉，是用錫君納陛以登。君秉國之鈞，正色處中，纖毫之惡，靡不抑退，是用錫君虎賁之士三百人。君糾虔天刑，章厥有罪，犯關干紀，莫

不誅殛，是用錫君鈇鉞各一。君龍驤虎視，旁眺八維，掩討逆節，折衝四海，是用錫君彤弓一，彤矢百，玈弓十，玈矢千。君以溫恭爲基，孝友爲德，明允篤誠，感于朕思，是用錫君秬鬯一卣，珪瓚副焉。魏國置丞相已下羣卿百寮，皆如漢初諸侯王之制。往欽哉，敬服朕命！簡恤爾衆，時亮庶功，用終爾顯德，對揚我高祖之休命！

注釋　①並建：分封。明德：這裏指大的功勞和高尚的道德。②胙：賜，賞賜。③崇：崇尚。寵章：加恩特賜的典章。④藩衛：包圍。藩，籬笆。⑤周成：是指周成王。

譯文　我聽說先前的帝王都給德行崇高的人封爵，賜給他們土地，分給他們人民，給他們崇高的榮譽，爲他們備齊禮儀制度用品；是用他們保衛王室，輔佐君王治理天下。在周成王時，管叔、蔡叔叛亂，平定禍亂後評定功臣，就派邵康公賜給齊太公鞋履；向東到海邊，向西到黃河，向南到穆陵，向北到無棣，其中的五侯九伯，齊太公都可以去征討；讓他世代擔任太師，在東海邊立表宣揚他的功績。到了周襄王時，楚國不履行對周王的義務，不納貢。周王就任用晉文公爲諸侯的盟主，賜給他兩輛大車、護衛的勇士、斧鉞、米酒與弓箭，讓他在南陽大量開拓土地，世代做諸侯的盟主。周王室之所以沒有衰滅，全靠了這兩個國家。現在您有崇高的品行，全心保衛我，順應天意，做出偉大的功績，使九州安寧，百姓循規蹈矩。您的功勞比伊尹、周公還高，而得到的獎賞卻比齊太公、晉文公少。對此我感到很慚愧。我這一個渺小的人，位居億萬人民之上，經常想到執政的艱難，就如身臨深淵，足履薄冰一樣。沒有您的幫助，我無法擔任這個重任。現在把冀州的河東、河內、魏郡、趙國、中山、常山、巨鹿、安平、甘陵、平原一共十個郡賜給您，封您爲魏公。賜給您黑色的土壤，包上白色茅草，您去刻灼龜甲占卜，選地建立魏國的宗廟社稷。過去在周朝，畢公、毛公到朝廷來做輔佐大臣，周公、邵公以太師太保的身份到外地做方伯。朝廷內外的重任，您都適合擔當。您還可以像以前一樣以丞相的官職兼任冀州牧。又給您加賜九錫，您敬聽我的命令。因爲您安排制定了禮儀和法律，讓它們成爲人民的規範準則，使人民安于自己的職業，沒有人三心二意，所以我賜給您一輛君王的大車、一輛兵車、八匹黑馬。您勸說百姓們守住本分，發展農業，農民努力耕作，糧食布帛有了大量儲存，國家興旺發達，因此賜給您袞冕禮服，配上紅色的厚底鞋。您眞誠地提倡謙讓，讓人民仿效實行，青年人與老年人都有禮貌，上下之間都很和睦，因此賜給您成套的樂器，六隊舞人演出的舞樂。您推廣宣傳風化，讓四方都傳揚，遠方的人們洗心革面，中原地區富裕充實，因此賜給您的居室紅色大門。您研究賢王的智慧，爲帝王分擔困難的事務，給有才能的人官職，任用賢人，所有的優秀人才都得到推薦，因此賜給您從殿檐下的階梯上殿的榮譽。您掌握國家的權柄，莊嚴地處在公正執中的地位，哪怕有一絲一毫的邪惡，也不會不予以斥退及抑制，因此賜給您三百名護衛勇士。您認眞地監察朝廷的刑罰，揭露那些有罪的人，違犯國家法律的人，沒有不受到誅殺的，因此賜給您斧、鉞各一件。您像龍馬一樣奔馳，像猛虎一樣環視，旁觀八方，征討叛臣逆賊，擊敗四海之內的敵人，因此賜給您一張紅色的弓、一百支紅色的箭、十張黑色的弓、一千支黑色的箭。您以溫恭爲基本，把孝敬父母、友愛兄弟作爲美德，聰明、守信、眞誠、忠實，使我非常感動，因此賜給您芬芳的美酒一壇，配上玉製的酒勺。魏國可以設置丞相以下的各級官員，全和漢代初年諸侯王的官屬制度一樣。您去魏國吧！要恭敬地聽從我的命令，選拔和撫慰您的部下，經常建立功勛，來完善您的崇高品德，回報並頌揚我們高祖皇帝的美好遺命。

原文

秋七月，始建魏社稷宗廟。天子聘公三女爲貴人①，少者待年于國。

九月，作金虎臺，鑿渠引漳水入白溝以通河。

冬十月，分魏郡爲東西部，置都尉。

十一月，初置尚書、侍中、六卿。馬超在漢陽，復因羌、胡爲害，氐王千萬叛應超②，屯興國③。使夏侯淵討之。

十九年春正月，始耕籍田④。南安趙衢、漢陽尹奉等討超，梟其妻子，超奔漢中。韓遂徙金城，入氐王千萬部，率羌、胡萬餘騎與夏侯淵戰，擊，大破之，遂走西平⑤。淵與諸將攻興國，屠之。省安東、永陽郡。安定太守毌丘興將之官，公戒之曰：「羌、胡欲與中國通，自當遣人來，愼勿遣人往。善人難得，必將教羌、胡妄有所請求，因欲以自利；不從便爲失異俗意，從之則無益事。」興至，遣校尉范陵至羌中，陵果教羌，使自請爲屬國都尉。公曰：「吾預知當爾，非聖也，但更事多耳。」

注釋

①聘：按照禮節明媒正娶。貴人：妃嬪的第一級。②叛應：反叛，響應。③屯：駐扎軍隊。④籍田：古代的天子、諸侯徵用民力耕種的田。⑤走：逃跑。西平：郡名，東漢建安中分金城郡置。

譯文

建安十八年（公元二一三年）秋季七月，曹操開始建立魏國的宗廟社稷。漢獻帝聘娶了曹操的三個女兒做後宮貴人，其中最小的一個留在魏國等長大以後再進宮。

九月，修建金虎臺，開鑿水渠把漳河水引進白溝，一直通到黄河。

冬季十月，把魏郡分成東西兩部，設置了都尉。

十一月，魏國開始設置尚書、侍中、六卿等官員。馬超在漢陽，又依靠羌人、胡人禍害百姓。氐王千萬叛變，響應馬超，駐扎在興國。曹操派夏侯淵去討伐。

建安十九年（公元二一四年）春季正月，曹操第一次舉行「耕籍田」的禮儀。南安人趙衢、漢陽人尹奉等將領去討伐馬超，斬殺了他的妻子兒女。馬超逃到漢中去。韓遂遷往金城，進入氐王千萬的部落，率領一萬多名羌人胡人的騎兵和夏侯淵交戰。夏侯淵將之擊敗。韓遂逃往西平。夏侯淵與衆將領攻打興國，屠殺居民，撤銷了安東和永陽兩個郡。安定太守毌丘興將要赴任去。曹操告誡他說：「羌人、胡人想要與中國往來，就會自己派人來，你千萬不要派人去。因爲很難找到合適的使者。一般人一定會教羌人、胡人狂妄地提出過分的要求，他好從中得利。我們不答應這些要求，會失掉羌人、胡人的擁護，答應這些要求，又對國家沒有益處。」毌丘興到任後，派校尉范陵去羌人部落。范陵果然唆使羌人，讓他們請求封自己做屬國都尉。曹操說：「我早就預料到會是這樣。我不是聖人，衹不過經歷的事情多些罷了。」

原文

三月，天子使魏公位在諸侯王上，改授金璽、赤紱、遠游冠。

《獻帝起居注》曰：「使左中郎將楊宣、亭侯裴茂持節、印授之。」

秋七月，公征孫權。初，隴西宋建自稱河首平漢王，聚衆枹罕①，改元，置百官，三十餘年。遣夏侯淵自興國討之。冬十月，屠枹罕，斬建，凉州平。公自合肥還。

十一月，漢皇后伏氏坐昔與父故屯騎校尉完書，云帝以董承被誅怨恨

《魏書》曰：「軍自武都山行千里，軍人勞苦；公于是大饗，莫不忘其勞。」

公，辭甚醜惡，發聞②，後廢黜死，兄弟皆伏法③。

十二月，公至孟津。天子命公置旄頭④，宮殿設鐘虡。乙未，令曰：「夫有行之士未必能進取⑤，進取之士未必能有行也。陳平豈篤行，蘇秦豈守信邪？而陳平定漢業，蘇秦濟弱燕。由此言之，士有偏短，庸可廢乎！有司明思此義，則士無遺滯，官無廢業矣。」又曰：「夫刑，百姓之命也，而軍中典獄者或非其人，而任以三軍死生之事，吾甚懼之。其選明達法理者，使持典刑。」于是置理曹掾屬。

二十年春正月，天子立公中女爲皇后。省雲中、定襄、五原、朔方郡，郡置一縣領其民，合以爲新興郡。

三月，公西征張魯，至陳倉，將自武都入氐；氐人塞道，先遣張郃、朱靈等攻破之。

夏四月，公自陳倉以出散關，至河池。氐王竇茂衆萬餘人，恃險不服。

伏皇后

獻帝伏皇后諱壽，琅邪東武人，大司徒伏湛之八世孫也。父親爲伏完，深沉有大度，曾娶桓帝女陽安公主爲妻。《後漢書·皇后傳》贊曰：「祁祁皇孋，言觀貞淑。媚茲良哲。班政蘭闈，宣禮椒屋。」

五月，公攻屠之。西平、金城諸將麴演、蔣石等共斬送韓遂首。

秋七月，公至陽平。張魯使弟衛與將楊昂等據陽平關，橫山築城十餘里，攻之不能拔，乃引軍還。賊見大軍退，其守備解散。公乃密遣解慓、高祚等乘險夜襲，大破之，斬其將楊任，進攻衛，衛等夜遁，魯潰奔巴中。公軍入南鄭，盡得魯府庫珍寶。巴、漢皆降。復漢寧郡爲漢中；分漢中之安陽、西城爲西城郡，置太守；分錫、上庸郡，置都尉。

八月，孫權圍合肥，張遼、李典擊破之。

曹操杖殺伏皇后

建安十九年（公元二一四年）十一月，漢獻帝皇后伏氏曾在給父親的信中說：漢獻帝由于董承被誅殺而怨恨曹操。信被發現後，伏后被禁閉于冷宮，並被逼自縊，所生兩位皇子也被鴆殺。伏后死後，曹操宣稱其暴病而死，仍按皇后禮儀厚葬。她的兄弟伏德、宗族因之喪命者百餘人。

九月，巴七姓夷王樸胡、賨邑侯杜濩舉巴夷、賨民來附，于是分巴郡，以胡爲巴東太守，濩爲巴西太守，皆封列侯。天子命公承制封拜諸侯守相。

注釋　①枹罕：縣名，在現在的甘肅省臨夏縣的西南方向。②發聞：發覺，發現。③伏法：判處死刑。④旄頭：也就是旄頭騎，是古代皇帝出行時在最前面開道的警衛騎兵。⑤行：德行。

譯文　三月，漢獻帝讓魏公曹操的地位列于諸侯王以上，改授給他金印、紅色的綬帶和遠游冠。

秋季七月，曹操征討孫權。當初，隴西人宋建自稱爲河首平漢王，在枹罕聚集兵馬，改換年號，設置百官，已經有三十多年了。曹操派遣夏侯淵從興國去討伐他。

冬季十月，曹軍屠枹罕城，殺死了宋建，平定了涼州。曹操從合肥回到鄴城。

十一月，漢獻帝皇后伏氏曾在給父親、前任屯騎校尉伏完的信中說漢獻帝由于董承被誅殺而怨恨曹操，用詞十分惡毒。信被發現以後，伏后因此被廢黜處死，她的兄弟也都被處死。

十二月，曹操到了孟津，漢獻帝命令曹操可以使用有旄頭的儀仗，可以在宮殿中擺設鐘架。乙未那天，曹操下令說：「有德行的人不一定能進取功名，進取功名的人不一定能有德行。陳平難道有敦厚的德行？蘇秦難道守信用嗎？但是陳平卻奠定了漢朝的大業，蘇秦扶持弱小的燕國強盛起來。由此看來，士人都有缺點，怎麼就能廢棄不用呢？主管選拔任用的人想明白這個道理，就不會有遺漏的人才，官府也就沒有荒廢的事務了。」他又說：「刑法是關係到百姓性命的大事，但是軍隊中主管刑獄的有些人不稱職，把有關三軍將士生死的大事交給他們，我很擔心害怕。要選用通曉法律事理的人才，讓他們主持刑獄。」于是專門設置了理曹掾屬的官職。

建安二十年（公元二一五年）春季正月，漢獻帝將曹操的二女兒立爲皇后，撤銷了雲中、定襄、五原、朔方各郡，把這幾個郡改成縣統領百姓，然後再合併爲新興郡。

三月，曹操向西去征討張魯，到了陳倉，將要從武都進入氐人地區；氐人堵塞了道路，曹操先派出張郃、朱靈等人打垮了他們。

夏季四月，曹操從陳倉出大散關，到了河池。氐王竇茂擁有一萬多名士兵，憑借天險，不肯降服。

五月，曹操攻打河池，大開殺戒。西平和金城的將領麴演、蔣石等人一起殺死韓遂，把他的頭送交曹操。

秋季七月，曹操到了陽平。張魯讓他的弟弟張衛與部將楊昂等人據守陽平關，在山腰築了十幾里長的城牆。曹操無法攻克，就領兵回去。賊軍見曹操的大軍退去，防守便鬆懈了。曹操就秘密地派出解慓、高祚等人越過天險去夜襲敵人，大敗敵軍，殺死了敵人的將軍楊任，又去進攻張衛。張衛等人連夜逃走，張魯潰敗，逃向巴中。曹操的軍隊進入南鄭，把張魯倉庫中的珠寶全部繳獲。巴郡、漢中地區全部投降。曹操把漢寧郡重新定爲漢中郡，又把漢中的安陽、西城劃分出來成立西城郡，設置了太守；劃分出錫郡與上庸兩郡，設置了都尉。

八月，孫權圍攻合肥，被張遼和李典打敗。

九月，巴郡的七姓夷王樸胡和賨邑侯杜濩率領巴人和賨人前來歸附。曹操便把巴郡分成東西兩郡。任命樸胡做巴東郡太守，杜濩做巴西郡太守，把兩個人都封爲列侯。漢獻帝授予曹操分封諸侯任命太守和國相的權力。

原文

冬十月，始置名號侯至五大夫，與舊列侯、關內侯凡六等，以賞軍功。

十一月，魯自巴中將其餘衆降。封魯及五子皆爲列侯。劉備襲劉璋，取益州，遂據巴中；遣張郃擊之。

十二月，公自南鄭還，留夏侯淵屯漢中。

二十一年春二月，公還鄴。

三月壬寅，公親耕籍田。

夏五月，天子進公爵爲魏王。代郡烏丸行單于普富盧與其侯王來朝。

是行也，侍中王粲作五言詩以美其事。

《魏書》曰：「始置奉常宗正官。」

《魏書》曰：「王親執金鼓以令進退。」

夏侯惇

夏侯惇，字元讓，沛國譙人。三國時魏國名將，曹操部下重要將領。夏侯惇爲西漢名臣夏侯嬰的後代，以性格剛烈有勇氣而聞名，累立戰功，後榮升爲大將軍。

天子命王女爲公主，食湯沐邑①。

秋七月，匈奴南單于呼廚泉將其名王來朝，待以客禮，遂留魏，使右賢王去卑監其國。

八月，以大理鍾繇爲相國②。

冬十月，治兵，遂征孫權，十一月至譙。

二十二年春正月，王軍居巢③，二月，進軍屯江西郝谿④。權在濡須口築城拒守，遂逼攻之，權退走。三月，王引軍還，留夏侯惇、曹仁、張遼等屯居巢。

注釋

①湯沐邑：諸侯朝見天子，皇帝賜給京城以內的供給諸侯住宿和齋戒沐浴的封邑。②大理：官名，也就是漢朝的廷尉，掌管司法刑獄。③居巢：縣名，在現在的安徽省巢縣的東北。④郝谿：地名。

譯文

冬季十月，開始設置名號爲侯到五大夫的爵位名稱，加上過去的列侯、關內侯一共有六等，用來獎賞有軍功的人。

十一月，張魯率領殘餘的軍隊從巴中來投降。朝廷把張魯和他的五個兒子都封爲列侯。劉備襲擊劉璋，奪取了益州，占據了巴中。曹操派張郃去攻打劉備。

十二月，曹操從南鄭回來，留下夏侯淵駐守漢中。

建安二十一年（公元二一六年）春季二月，曹操回到鄴城。

三月壬寅，曹操親自參加耕籍田的儀式。

夏季五月，漢獻帝把曹操晉爵爲魏王。代郡烏丸部族的行單于普富盧和他部下的侯王來朝見。漢獻帝賜封魏王曹操的女兒爲公主，給予供給沐浴費用的食邑。

秋季七月，匈奴南單于呼廚泉率領他手下有名望的酋長來朝見，曹操用對賓客的禮節招待他們。他們被留在魏國，由右賢王去卑監管匈奴國。

《魏武故事》載令曰：「領長史王必，是吾披荊棘時吏也。」

八月，任命大理卿鍾繇做相國。

冬季十月，曹操操練軍隊之後，便去征討孫權，十一月到達譙郡。

建安二十二年（公元二一七年）春季正月，曹操的軍隊駐扎在居巢。二月，進軍駐扎在江西郝谿。孫權在濡須口築城防守。曹操就逼近去攻打，孫權于是退走了。三月，曹操領兵退回，留下夏侯惇、曹仁、張遼等人駐守居巢。

原文

夏四月，天子命王設天子旌旗，出入稱警蹕①。五月，作泮宮②。六月，以軍師華歆爲御史大夫。冬十月，天子命王冕十有二旒，乘金根車，駕六馬，設五時副車③，以五官中郎將丕爲魏太子。劉備遣張飛、馬超、吳蘭等屯下辯；遣曹洪拒之。

二十三年春正月，漢太醫令吉本與少府耿紀、司直韋晃等反④，攻許，燒丞相長史王必營⑤，必與潁川典農中郎將嚴匡討斬之。曹洪破吳蘭，斬其將任夔等。三月，張飛、馬超走漢中，陰平氐強端斬吳蘭，傳其首。夏四月，代郡、上谷烏丸無臣氐等叛，遣鄢陵侯彰討破之。

六月，令曰：「古之葬者，必居瘠薄之地。其規西門豹祠西原上爲壽陵，因高爲基，不封不樹。《周禮》冢人掌公墓之地，凡諸侯居左右以前，卿大夫居後，漢制亦謂之陪陵。其公卿大臣列將有功者，宜陪壽陵，其廣爲兆域，使足相容。」

秋七月，治兵，遂西征劉備，九月，至長安。

曹彰

曹彰，字子文，沛國譙縣人，爲曹操與卞氏所生次子，其鬚髯呈黃色。自小善于射箭御馬，臂力過人，能徒手與猛獸搏鬥，從不畏避險阻。幼時立志爲大將，曾爲曹操所欣賞。

注釋 ①警蹕：指皇帝出入的地方嚴加戒備，斷絕行人。警，警戒。②泮宮：古代諸侯所設立的行宮。③設：

設置。④反：謀反，叛亂。⑤丞相長史：官名，丞相府屬官的最高長官。

【譯文】夏季四月，漢獻帝命令曹操可以設置天子用的旌旗，出入可以用警衛清道戒嚴。五月，曹操修建泮宮。六月，任命軍師華歆做御史大夫。冬季十月，漢獻帝命令曹操可以戴有十二條旒的冠冕，乘坐金根車，車用六匹馬駕馭，配有五時副車，冊封五官中郎將曹丕爲魏太子。劉備派遣張飛、馬超、吳蘭等人駐守下辯；曹操派曹洪去抵禦他們。

建安二十三年（公元二一八年）春季正月，漢朝太醫令吉本和少府耿紀、司直韋晃等人造反，攻打許都，燒毀了丞相長史王必的軍營。王必和潁川典農中郎將嚴匡討伐他們，把他們都殺死了。曹洪打敗了吳蘭，殺死了吳蘭的部將任夔等人。三月，張飛、馬超逃往漢中。陰平的氐人強端殺死吳蘭，把他的首級傳送到朝廷。夏季四月，代郡和上谷的烏丸無臣氐等發動叛亂。曹操派鄢陵侯曹彰打敗了叛軍。

六月，曹操下令說：「古代人埋葬，一定選用瘠薄的土地。可將西門豹祠以西的高原規劃爲我的墓地，依照原有的高山作爲陵墓的基址，不起墳冢，也不種樹。《周禮》規定：冢人掌管國家的公墓，凡是諸侯，都葬在王陵前面的左右兩邊，卿大夫們葬在諸侯後面。漢代的制度也把它叫作陪陵。那些有功勞的公卿大臣將軍們，應該在我的陵區內陪葬。現在擴充陵墓的地域，讓它可以容下陪葬的人。」

秋季七月，曹操操練兵馬，向西征討劉備。九月到達長安。

【原文】冬十月，宛守將侯音等反，執南陽太守，劫略吏民，保宛。初，曹仁討關羽，屯樊城，是月使仁圍宛。

二十四年春正月，仁屠宛，斬音。夏侯淵與劉備戰于陽平，爲備所殺。三月，王自長安出斜谷，軍遮要以臨漢中，遂至陽平。備因險拒守①。夏五月，引軍還長安。秋七月，以夫人卞氏爲王后。遣于禁助曹仁擊關羽。八月，漢水溢，灌禁軍，軍沒，羽獲禁，遂圍仁。使徐晃救之。九月，相國鍾繇坐西曹掾魏諷反免。冬十月，軍還洛陽。孫權遣使上書，以討關羽自效。王自洛陽南征羽，未至，晃攻羽，破之，羽走，仁圍解。王軍摩陂。

二十五年春正月，至洛陽。權擊斬羽，傳其首。

《曹瞞傳》曰：「是時南陽閒苦繇役，音與吏民共反，與關羽連和。」

《九州春秋》曰：「時王欲還，出令曰『雞肋』。」

遣送羽匣

庚子，王崩于洛陽，年六十六。遺令曰：「天下尚未安定，未得遵古也。葬畢，皆除服②。其將兵屯戍者，皆不得離屯部。有司各率乃職③。斂以時服④，無藏金玉珍寶。」謚曰武王。二月丁卯，葬高陵。

評曰：漢末，天下大亂，雄豪並起，而袁紹虎眎四州，強盛莫敵。太祖運籌演謀，鞭撻宇內，擥申、商之法術，該韓、白之奇策，官方授材，各因其器，矯情任算，不念舊惡，終能總御皇機，克成洪業者，惟其明略最優也。抑可謂非常之人，超世之傑矣。

注釋 ①拒守：抗拒、鎮守。②除服：也叫除喪，除掉喪服。③乃：其，他。④斂：給屍體穿上衣服放進棺材裏。

譯文 冬季十月，宛城守將侯音等人造反，抓住了南陽太守，搶劫官吏和平民的財產，在宛城防守。之前，曹仁爲攻打關羽，駐在樊城。當月曹操就派曹仁去包圍宛城。

建安二十四年（公元二一九年）春季正月，曹仁屠殺宛城軍民，殺死了侯音。夏侯淵和劉備在陽平交戰，被劉備殺死。三月，曹操從長安經斜谷進軍，在險要地點駐軍守衛，逼近漢中，到達陽平。劉備利用險要地勢防守。夏季五月，曹操領兵回到長安。秋季七月，曹操立夫人卞氏爲王后；派于禁去幫助曹仁攻打關羽。八月，漢水泛濫，淹了于禁的軍營，曹軍被消滅。關羽抓住了于禁，又去包圍曹仁。曹操派徐晃去救援曹仁。九月，相國鍾繇因爲西曹掾魏諷造反受到牽連，被免職。冬季十月，曹軍回到洛陽。孫權派使節送信，願意討伐關羽爲朝廷效力。曹操從洛陽向南征討關羽，他還沒有到戰場，徐晃已去攻打關羽，打敗了他，關羽逃走，對曹仁的包圍被解除。曹操在摩陂駐軍。

建安二十五年（公元二二〇年）春季正月，曹操到了洛陽。孫權攻打關羽，殺死了他，把首級傳送給曹操。

正月庚子，曹操在洛陽去世，終年六十六。他的遺囑中說：「天下還沒有安定，不要遵守古代的葬制。安葬完畢，大家就不要守喪了。率領士兵駐防的將領都不要離開自己的駐地，各級官員仍然堅守自己的職責。用平常穿的衣服給我收殮，墓中不要藏金玉珍寶。」給他的謚號是「武王」。二月丁卯，將他埋葬在高陵。

評論說：漢朝末年，天下大亂，豪強同時起兵，袁紹在北方四州虎視眈眈，力量強大，沒有人是他的敵手。曹操運籌帷幄，用武力征討國內，采取申不害、商鞅的法家治國方略，通曉韓信、白起的用兵奇計，根據每個人的才能授予官職，使人盡其才，克制感情，講求謀略，不計舊仇，終于能完全掌握了國家機要，建成大業，就因爲他具有最卓越的智慧和才略。曹操可以說是個非凡的人物、蓋世的豪傑。

董二袁劉傳

原文

董卓字仲穎，隴西臨洮人也。少好俠，嘗游羌中，盡與諸豪帥相結①。後歸耕于野，而豪帥有來從之者，卓與俱還，殺耕牛與相宴樂。諸豪帥感其意，歸相斂②，得雜畜千餘頭以贈卓。漢桓帝末，以六郡良家子爲羽林郎。卓有才武，旅力少比③，雙帶兩鞬，左右馳射。爲軍司馬，從中郎將張奐征并州有功，拜郎中④，賜縑九千匹，卓悉以分與吏士。遷廣武令，蜀郡北部都尉，西域戊己校尉，免。徵拜并州刺史⑤、河東太守，遷中郎將⑥，討黃巾，軍敗抵罪。韓遂等起涼州，復爲中郎將，西拒遂。于望垣硤北，爲羌、胡數萬人所圍，糧食乏絕。卓僞欲捕魚，堰其還道當所渡水爲池，使水渟滿數十里，默從堰下過其軍而決堰⑦。比羌、胡聞知追逐，水已深，不得渡。時六軍上隴西，五軍敗績，卓獨全衆而還，屯住扶風。拜前將軍，封斄鄉侯，徵爲并州牧。

《英雄記》曰：「卓父君雅，由微官爲潁川綸氏尉。」

《英雄記》曰：「卓數討羌、胡，前後百餘戰。」

注釋

①豪帥：地方土豪，也指部落首領，這裏指羌族首領。②斂：聚集，聚攏。③旅力：體力。④拜：指授予官職。⑤徵拜：徵召任命，授予官職。⑥遷：升官調職。⑦默：暗地

董卓

裏，私下裏。

譯文

董卓字仲穎，甘肅臨洮人。當他年輕的時候，非常喜歡行俠仗義，曾經到羌族各地漫游，與羌族的各部首領都有交往。後來回到了故鄉從事農耕，那些羌族的首領們有的來投奔他，董卓就與他們一起回到故鄉，宰殺用于耕地的耕牛來款待他們，與他們一起飲酒作樂。首領們被董卓的誠意所打動，回去以後搜集東西，共得到一千多頭牲畜，並把這些牲畜送給了董卓。東漢桓帝末年，董卓憑借六郡大戶子弟的地位而擔任羽林郎這一官職。董卓才藝雙全，體力超強，很少有人能和他相比，他身體的左右兩側都挂有弓袋，在騎馬奔馳的時候能夠左右開弓。當時，董卓任軍司令，追隨中郎將張奐討伐并州，立了大功，遂被任命爲郎中，賞賜細絹九千匹，董卓將這些絹

全部分給了手下的將士。歷任廣武令，蜀郡北部都尉，西域戊己校尉，後來因事被罷免官職。後來又被徵爲并州刺史、河東太守，升爲中郎將，討伐農民起義軍黃巾軍，戰爭失敗，遂被免掉職務來抵罪。韓遂等人在涼州起兵造反，董卓又被朝廷徵爲中郎將，在西邊抵禦韓遂。在望垣硤北面，被數萬羌族和胡族人包圍，糧食斷絕。董卓假裝出去捕魚，在岸邊築堤把他回軍時要渡過的河擋爲水池，使滿滿數十里的河水停止流動，在他的軍隊從堤下通過後，暗地裏決開土堤。等到羌人和胡人聽到消息趕到這裏時，水已經很深了，人不能渡過去。當時有六支軍隊在隴西作戰，其中有五支戰敗，衹有董卓帶領的這支隊伍沒有受到任何損傷勝利返回，駐扎在扶風地區。朝廷任命他爲前將軍，封侯獎賞，後來又徵爲并州牧。

原文

靈帝崩，少帝即位。大將軍何進與司隸校尉袁紹謀誅諸閹官，太后不從。進乃召卓使將兵詣京師①，並密令上書曰：「中常侍張讓等竊幸乘寵，濁亂海內②。昔趙鞅興晉陽之甲，以逐君側之惡。臣輒鳴鐘鼓如洛陽③，即討讓等。」欲以脅迫太后。卓未至，進敗。中常侍段珪等劫帝走

①《靈帝紀》曰：「中平五年，徵卓爲少府，敕以營吏士屬左將軍皇甫嵩，詣行在所。」

《英雄記》云：「苗，太后之同母兄，先嫁硃氏之子。」

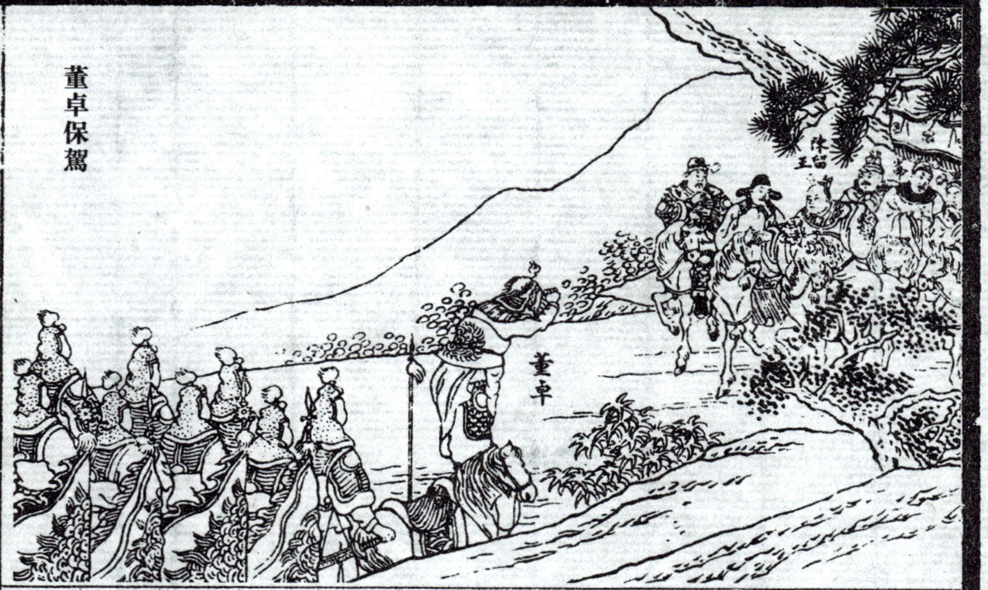

董卓保駕

小平津，卓遂將其衆迎帝于北芒，還宮。時進弟車騎將軍苗爲進衆所殺④，進、苗部曲無所屬，皆詣卓。卓又使呂布殺執金吾丁原，併其衆，故京都兵權唯在卓。

先是，進遣騎都尉太山鮑信所在募兵，適至，信謂紹曰：「卓擁強兵，有異志，今不早圖，將爲所制；及其初至疲勞，襲之可禽也。」紹畏卓，不敢發，信遂還鄉里。

注釋 ①詣：前去，前往。②濁亂：使混亂，擾亂破壞。③輒：立即，馬上。④車騎將軍：官名，西漢漢文帝的時候開始設置，掌管征伐的大事，地位僅次于大將軍。

譯文 靈帝去世後，少帝繼承了皇位，大將軍何進和司隸校尉袁紹謀劃殺掉宮裏的宦官，何太后不同意這樣做。于是，何進派人去找董卓，要他率領軍隊到京城，而且暗地裏指使他向皇帝上奏書，奏書裏這樣說：「中常侍張讓等人暗地裏倚仗着皇上你的寵幸，把國家搞得亂七八糟。以前的時候，趙鞅發動晉陽的軍隊來清除皇帝身邊的小人。現在，臣率領軍隊鳴鐘擊鼓來到洛陽，爲的就是討伐張讓等小人。」想以此來威脅誘逼太后，讓太后同意他們的計劃。但是，董卓還沒有趕到京城，何進就失敗了。中常侍段珪等人劫持小皇帝逃到了平津，董卓便帶領他的軍隊在北芒迎接小皇帝，于是皇帝就回到了宮中。就在這個時候，鮑進的弟弟車騎將軍何苗被何進的將士所殺害，何進、何苗的將士沒有歸屬，都歸屬了董卓。董卓又讓呂布殺掉了執金吾丁原，吞併了他的軍隊，所以，京城的兵權衹握在董卓一個人手中。

在此之前，何進派遣騎都尉太山鮑信就地招募士兵，鮑信招完兵，回來便對袁紹說：「董卓擁有強大的兵力，他另有打算，現在如果不趁早把他除掉，以後將會被他牽制；現在，我們趁他才到京城，非常疲憊的時候，對他進行襲擊，就可以把他抓住。」袁紹害怕董卓，不敢發兵襲擊他，于是鮑信就回鄉了。

《魏書》曰：「卓所原無極，語賓客曰：『我相，貴無上也。』」

《英雄記》曰：「毖字仲遠，武威人。瓊字德瑜，汝南人。」

原文

于是以久不雨，策免司空劉弘而卓代之①，俄遷太尉，假節鉞虎賁。遂廢帝爲弘農王。尋又殺王及何太后②。立靈帝少子陳留王，是爲獻帝。卓遷相國，封郿侯，贊拜不名③，劍履上殿，又封卓母爲池陽君，置家令、丞。卓既率精兵來，適値帝室大亂，得專廢立，據有武庫甲兵，國家珍寶，威震天下。卓性殘忍不仁，遂以嚴刑脅衆，睚眥之隙必報④，人不自保。嘗遣軍到陽城。時適二月社⑤，民各在其社下，悉就斷其男子頭，駕其車牛，載其婦女財物，以所斷頭繫車轅軸，連軫而還洛，云攻賊大獲，稱萬歲。入開陽城門，焚燒其頭，以婦女與甲兵爲婢妾。至于奸亂宮人公主。其凶逆如此。

初，卓信任尚書周毖，城門校尉伍瓊等，用其所擧韓馥、劉岱、孔伷、張咨、張邈等出宰州郡⑥。而馥等至官，皆合兵將以討卓。卓聞之，以爲毖、瓊等通情賣己，皆斬之。

董卓議立陳留王

公元一八九年，董卓爲了立威，于是廢少帝，欲立陳留王劉協爲帝，將反對的大臣處死後，劉協稱帝，這就是歷史上的漢獻帝。董卓此後更有恃無恐。

注釋

①策：同「册」，指皇帝下的詔書。②尋：立即，隨即。③贊拜：一種禮節。古代臣子朝見皇帝時，有司儀在旁邊唱禮。唱禮的時候要直呼朝拜臣子的名字。④睚眥：瞪大眼睛憤怒地注視別人。借指極小的仇恨。⑤社：古代人們祭祀土地神的場所，那一天，同社的人在一起宴飲、歌舞。⑥宰：主管，掌管。

譯文

于是，皇帝以久旱不下雨爲借口，免除了司空劉弘的官職，而讓董卓取代他，不久，董卓就升至太尉，皇帝賜給他符節斧鉞、虎賁衛士。不久，董卓把少帝廢爲弘農王。很快又殺掉了弘農王和何太后。立靈帝的小兒子陳留王爲皇帝，這就是歷史上的漢獻帝。董卓升爲相國，封爲郿侯，他朝見皇帝的時候可以不用稱自己的姓名，可以帶劍穿鞋上朝，皇帝又

《魏書》曰：「言其逼天子也。」

封董卓的母親爲池陽君，下面設置了令、丞等官員。董卓已經率領精兵來到京城，又正好趕上皇室大亂，所以他有廢立皇帝的專權，全部掌控了武器庫裏的鎧甲、兵器，國家的珍奇異寶，因此他威震天下。董卓性情殘忍，不仁慈。動輒就用嚴刑威脅民衆，即使是瞪了一眼這樣的微小不滿也要實施報復，弄得人人自身難保。董卓曾經派遣軍隊到陽城。那時，正好是二月，是民間祭祀土地神的時候，鄉民都集中在土地廟前，士兵把全部男子的頭都砍掉，駕着他們的車牛，裝載着婦女和財物，把砍下的男子的頭挂在車轅軸上，一輛接一輛的趕回到了洛陽，對百姓説襲擊了盜賊，並且取得了大勝，而且高呼萬歲。進入開陽城後，把那些人頭焚燒掉，把掠來的婦女賞給士兵做奴僕或者妾。以至于淫亂富人和公主。他竟然凶逆到了這樣的程度。

當初的時候，董卓信任尚書周毖、城門校尉伍瓊等人，任用他們所推薦的韓馥、劉岱、孔伷、張咨、張邈等到京外任州郡長官。但是，韓馥等人到任後，都把隊伍集合起來準備討伐董卓。董卓聽到這個消息後，以爲周毖、伍瓊等人和韓馥等人事先串通起來，把他出賣了，因此，殺害了周、伍二人。

原文

河内太守王匡，遣泰山兵屯河陽津，將以圖卓。卓遣疑兵若將于平陰渡者，潛遣鋭衆從小平北渡，繞擊其後，大破之津北，死者略盡。卓以山東豪傑並起，恐懼不寧。初平元年二月，乃徙天子都長安。焚燒洛陽宫室，悉發掘陵墓，取寶物。卓至西京，爲太師①，號曰尚父。乘青蓋金華車，爪畫兩幡，時人號曰竿摩車。卓弟旻爲左將軍，封鄠侯；兄子璜爲侍中中軍校尉典兵；宗族内外並列朝廷。公卿見卓，謁拜車下②，卓不爲禮。召呼三臺尚書以下自詣卓府啓事。築郿塢，高與長安城埒③，積穀爲三十年儲，云事成，雄據天下，不成，守此足以畢老。嘗至郿行塢，公卿已下祖道于横門外。卓豫施帳幔飲④，誘降北地反者數百人，于坐中先斷其舌，或斬手足，或鑿眼，或鑊煑之，未死，偃轉杯案間，會者皆戰慄亡失匕箸，而卓飲食自若。太史望氣，言當有大臣戮死者。故太尉張温時爲衛尉，素不善卓，卓心怨之，因天有變，欲以塞咎⑤，使人言温與袁術交關，遂笞殺之。法令苛酷，愛憎婬刑，更相被誣，冤死者千數。百姓嗷

《英雄記》曰：「郿去長安二百六十里。」

嗽，道路以目。悉椎破銅人、鐘虡，及壞五銖錢。更鑄爲小錢，大五分，無文章，肉好無輪郭⑥，不磨鑢⑦。于是貨輕而物貴，穀一斛至數十萬。自是後錢貨不行。

焚金闕董卓行兇

注釋

①太師：官名，位于太傅之上。②謁拜：通名而拜，即拜見的時候報上名字。③埒：相等，相同。④豫施：事先做好準備。豫，通「與」。⑤塞咎：阻止這次災難。咎，災難，災禍。⑥肉：錢幣的邊。⑦磨：打磨製造。

譯文

河內太守王匡，派遣泰山兵駐扎在河陽津，準備起兵討伐董卓。董卓派出疑兵假裝要在平陰渡河，私下裏派遣精銳隊伍從小平津過河到達北岸，繞到王匡軍隊的背後對其進行襲擊，結果在河陽津北岸大敗王匡的軍隊，王匡的士兵大都死掉了。因爲山東一帶的豪傑紛紛起兵反抗，董卓心中恐懼不已。初平元年（公元一九〇年）二月，便把皇帝遷到長安，把長安作爲首都，把洛陽的宮室焚燒掉，把陵墓全部挖掘出來，盜取裏面的寶物。董卓到了長安以後，當上了太師，號稱尚父。出門乘坐的是青蓋金華車，車廂兩側都是精美的彩繪，當時，人們把這種車子稱爲竿摩車。董卓的弟弟董旻任左將軍，封爲鄠侯；他的侄子董璜任侍中、中軍校尉，掌握着朝廷的兵權；董姓家族及其親戚都在朝廷做官。公卿等大官遇見董卓也要跪拜于其車下，自報姓名，董卓也不回禮。而且召喚官職在三臺尚書以下的官員自行到其府中稟報政事。他修築郿塢，城牆築得和長安城的城牆一樣高，儲存的糧食足夠三十年用的，他說，如果大事成了，就占據天下稱王，如果不成，就守着這些家產足以度過餘生。他曾經到郿塢視察，公卿以下的官員都在橫門外爲他設宴餞行。董卓事先設置了帳篷，準備了酒席，誘降了三百多名北地的反叛者，先在座位上把他們的舌頭割掉，或者把他們的手腳砍掉，或者把他們的眼睛挖掉，或者用大鍋煮，當時沒有立即死掉的，就跌倒在桌子中間輾轉抽搐，所有參加宴會的人都嚇得戰戰兢兢，筷子和湯匙都掉在了地上，而董卓卻在那裏喝酒吃菜，神色不變。

《獻帝紀》云：「策人常爲越所叛，故因此以報之。」

太史觀看天象，說將會有大臣被殺害，原太尉張溫當時任衛尉，和董卓的關係素來就不好，董卓心裏非常忌恨他，因爲觀天象，朝廷將有災變，所以董卓想用他來抵擋災禍，便派人故意揚言張溫和袁術有勾結，于是，便對他實施鞭笞，直至死掉。朝廷的法令殘酷苛刻，董卓依據自己的愛憎濫用刑罰，人們互相誣陷，冤死的不下千人。老百姓怨聲載道，在路上遇見了熟人祇能用眼睛示意。把所有的銅人、鐘虡都砸碎，又廢除五銖錢。另外，把銅鑄成小錢，每個小錢值五分，小錢上面沒有文字和花紋，錢的邊緣和小孔沒有輪廓，也不磨整，于是，錢幣的價值輕了，但是物價卻上漲了。穀達到幾十萬錢一斛。從此以後，錢幣就不通用了。

【原文】三年四月，司徒王允、尚書僕射士孫瑞、卓將呂布共謀誅卓。是時，天子有疾新愈，大會未央殿。布使同郡騎都尉李肅等，將親兵十餘人，僞著衛士服守掖門①。布懷詔書。卓至，肅等格卓。卓驚呼布所在。布曰「有詔」，遂殺卓，夷三族②。主簿田景前趨卓屍③，布又殺之；凡所殺三人，餘莫敢動。長安士庶咸相慶賀，諸阿附卓者皆下獄死④。

除凶暴呂布助司徒

呂布原爲董卓義子，爲騎都尉，隨侍左右。但董卓反復無常，氣量狹小，常因小忿而欲殺布，布懼，在司徒王允的教唆下殺掉了董卓。

初，卓女婿中郎將牛輔典兵別屯陝，分遣校尉李傕、郭汜、張濟略陳留、潁川諸縣。卓死，呂布使李肅至陝，欲以詔命誅輔。輔等逆與肅戰⑤，肅敗走弘農，布誅肅。其後輔營兵有夜叛出者，營中驚，輔以爲皆叛，乃取金寶，獨與素所厚支胡赤兒等五六人相隨，逾城北渡河，赤兒等利其金寶，斬首送長安。

【注釋】①掖門：指舊時宮殿的側門。②夷三族：殺掉三族。夷，誅殺。三族，指父族、母族、妻族。③主簿：官名。漢朝時開始設置，在中央和地方郡屬掌管文書和印鑒的官吏。④阿附：指奉承迎合。⑤逆：指迎戰敵人。

譯文

初平三年（公元一九二年）四月，司徒王允、尚書僕射士孫瑞、董卓的大將呂布聯合起來謀劃殺掉董卓。這個時候，皇上病體剛剛復原，在未央殿設宴款待羣臣。呂布指使同郡的騎都尉李肅等人，帶着十幾個親信士兵，換上衛士的服裝，假裝守衛掖門。呂布懷裏揣着詔書。當董卓到達掖門的時候，李肅等人突襲董卓，將他捉住，董卓驚慌失措，大叫呂布在哪裏。呂布回說「我這裏有皇帝的詔書」，于是殺掉了董卓，而且滅了他的三族。主簿田景上前撲向董卓的屍體，呂布就連帶着把田景也殺了；連殺了三人，從那以後，其餘的人就不敢再動了。長安城裏的各界民衆都互相慶賀，那些依附董卓的人都被關進牢獄判處了死刑。

當初的時候，董卓的女婿中郎將牛輔率領軍隊駐扎在陝縣，他分別派遣校尉李傕、郭汜、張濟等將搶劫掠奪陳留、潁川等地。董卓死後，呂布派遣李肅到陝縣，準備憑借皇帝的命令殺掉牛輔。牛輔等人率領衆士兵迎戰李肅，結果李肅大敗，逃到弘農，呂布就把李肅殺了。後來，牛輔軍隊中的士兵有夜裏叛逃的，兵營中一片驚慌，牛輔以爲士兵都叛變了，于是便帶上金銀財寶，獨自與素來關係不錯的支胡赤兒等五六個人一起逃跑了，穿越城北，渡過黃河，支胡赤兒等人貪圖他的金銀財寶，把他殺掉後將其首投送到了長安。

原文

比傕等還，輔已敗，衆無所依，欲各散歸。既無赦書，而聞長安中欲盡誅涼州人，憂恐不知所爲。用賈詡策，遂將其衆而西，所在收兵，比至長安，衆十餘萬，與卓故部曲樊稠、李蒙、王方等合圍長安城。十日城陷，與布戰城中，布敗走。傕等放兵略長安老少[1]，殺之悉盡，死者狼籍。誅殺卓者，屍王允于市。葬卓于郿，大風暴雨震卓墓，水流入藏[2]，漂其棺槨。傕爲車騎將軍、池陽侯，領司隸校尉、假節。汜爲後將軍、美陽侯。稠爲右將軍、萬年侯。傕、汜、稠擅朝政。濟爲驃騎將軍、平陽侯，屯弘農。

是歲，韓遂、馬騰等降，率衆詣長安。以遂爲鎮西將軍，遣還涼州，騰征西將軍，屯郿。侍中馬宇與諫議大夫种邵、左中郎將劉範等謀，欲使騰襲長安，已爲內應，以誅傕等。騰引兵至長平觀，宇等謀泄，出奔槐里。

改葬卓屍

稠擊騰，騰敗走，還涼州；又攻槐里，宇等皆死。時三輔民尚數十萬戶，傕等放兵劫略，攻剽城邑③，人民飢困，二年間相啖食略盡④。

注釋 ①略：掠奪，搶掠。②藏：埋葬棺材的坑穴。③剽：搶劫，搶掠。④啖：吃的意思。

譯文 等到李傕等人從陳留回來後，牛輔已經戰敗了，衆人失去了可以依靠的人，紛紛想解散回家。既然沒有赦罪的詔書，又聽說長安城中將要完全殺光涼州人，都非常憂愁害怕，不知道該做什麼好。李傕等人采用賈詡的計策，于是帶領他們的軍隊向西面進軍，一路上不斷收集走散的士兵，等他們率兵到達長安時，部隊已經有十幾萬人了，于是他們就和董卓的老部下樊稠、李蒙、王方等將聯合起來把長安城從四面包圍了

起來。兩軍交戰了十天，最後攻破了長安城，與呂布在城中激戰，呂布戰敗逃走。李傕等人放任士兵掠奪長安城裏的大人小孩，並且把他們全部殺光，屍體散亂地躺在地上。誅殺原來謀害董卓的人，把司徒王允的屍體扔在大街上。李傕等人把董卓的屍體埋葬在郿縣，有一天狂風暴雨震開了董卓的墳墓，雨水流進了墳坑，棺材漂浮了起來。李傕做了車騎將軍、池陽侯，兼任司隸校尉、持符節。郭汜做了後將軍、美陽侯。樊稠做了右將軍、萬年侯。三個人一起把持着朝政大權。任命張濟爲驃騎將軍、平陽侯，率兵駐扎在弘農地區。

這年，韓遂、馬騰等人向李傕投降，帶領軍隊來到了長安。于是，任命韓遂爲鎮西將軍，派遣他屯涼州，任命馬騰爲征西將軍，率軍駐扎在郿縣。侍中馬宇和諫議大夫種邵、左中郎將劉範等人秘密謀劃，想讓馬騰率兵偷襲長安，他們率軍在城內作爲內應，以此鏟除李傕等人。等着馬騰率軍到達長平觀的時候，馬宇等人的計劃泄露了，于是他們就逃到了槐里。樊稠率兵迎戰馬騰，馬騰戰敗逃到了涼州；樊稠又攻打槐里，馬宇等人全部戰敗身亡。當時，三輔地區的人總共還有十幾萬戶，李傕等將領放任士兵對這些地區進行掠奪，到處燒殺搶掠，人們飽受飢餓痛苦，兩年的時間裏，人吃人的現象

經常發生，最後人全部滅絕了。

原文

諸將爭權，遂殺稠，併其衆。汜與傕轉相疑，戰鬥長安中。傕質天子于營，燒宮殿城門，略官寺，盡收乘輿服御物置其家。傕使公卿詣汜請和，汜皆執之①。相攻擊連月，死者萬數。

傕將楊奉與傕軍吏宋果等謀殺傕，事泄，遂將兵叛傕。傕衆叛，稍衰弱。張濟自陝和解之，天子乃得出，至新豐、霸陵間。郭汜復欲脅天子還都郿。天子奔奉營，奉擊汜破之。汜走南山，奉及將軍董承以天子還洛陽。傕、汜悔遣天子，復相與和，追及天子于弘農之曹陽。奉急招河東故白波帥韓暹、胡才、李樂等合，與傕、汜大戰。奉兵敗，傕等縱兵殺公卿百官，略宮人入弘農。天子走陝，北渡河，失輜重，步行，唯皇后貴人從②，至大陽，止人家屋中。奉、暹等遂以天子都安邑，御乘牛車。太尉楊彪、太僕韓融近臣從者十餘人。以暹爲征東、才爲征西、樂征北將軍，並與奉、承持政。遣融至弘農，與傕、汜等連和，還所略宮人公卿百官，及乘輿車馬數乘。是時蝗蟲起，歲旱無穀，從官食棗菜。諸將不能相率，上下亂，糧食盡。奉、暹、承乃以天子還洛陽。出箕關，下軹道，張楊以食迎道路，拜大司馬。語在楊傳。天子入洛陽，宮室燒盡，街陌荒蕪③，百官披荊棘，依丘牆間。州郡各擁兵自衛，莫有至者。飢窮稍甚，尚書郎以下，自出樵采，或飢死牆壁間。

李傕郭汜殺樊稠

注釋

①執：逮捕的意思。②貴人：皇帝嬪妃的名號，地位僅次于皇后。③街陌：街道的意思。

譯文

李傕等將領互相爭權奪利，于是他們便殺了樊稠，吞併了他的隊伍。郭汜和李傕互相之間又有了猜疑，他們在長安城裏發生了衝突。李傕把皇帝扣押在兵營裏作人質，放火燒了宮殿城門，搶劫掠奪官府，把皇帝平時用的車轎、穿的衣服、日常用的物品等全部搜集起來放在了自己的家裏。他又指使朝中的公卿大臣到郭汜那裏請求講和，但是郭汜把這些去求和的人全部扣押了起來。雙方互相爭鬥了幾個月，死傷數萬人。

李傕的部下楊奉以及軍吏宋果等人秘密謀劃殺害李傕，後來事情被泄露，他們兩個人便帶領隊伍起來反叛李傕。李傕的軍隊裏發生叛變後，勢力逐漸減弱。張濟從陝縣來到長安，想調和郭、李之間的矛盾，這時候皇帝才被李傕放了出來，來到了新豐、霸陵之間。郭汜又想強行威脅逼迫皇帝在郿縣建都。情急之下，皇帝逃到了楊奉的兵營，于是，楊奉率軍打敗了郭汜。郭汜逃到了南山，楊奉和將軍董承請皇帝回到洛陽。李傕和郭汜都後悔把皇帝放跑了，所以又重新和好，在弘農曹陽追上了正在趕回洛陽途中的皇帝。楊奉連忙召集河東郡原白波起義首領韓暹、胡才、李樂等人與自己會合，同李傕和郭汜展開大戰。楊奉軍隊大敗，李傕等將領放任士兵屠殺朝中的公卿百官，搶掠宮人，把他們帶到弘農郡。皇帝逃亡陝縣，一直往北走渡過了黃河，路上把車馬和行李都弄丟了，衹好步行，皇帝身

邊衹有皇后和貴人們跟隨，當他們走到大陽的時候，衹好歇息在平常百姓的家裏。楊奉、韓暹等人追趕上皇上，把皇上一行人暫時安排在安邑縣，此時皇帝出門乘坐的是牛車。跟隨皇帝的有太尉楊彪、太僕韓融以及皇帝的親近臣子等十多人。任命韓暹爲征東將軍、胡才爲征西將軍、李樂爲征北將軍，與楊奉、董承一起主持朝政。又派遣韓融到弘農與李傕、郭汜等講和，李傕、郭汜把俘虜去的公卿百官和宮人放了回去，歸還了皇帝的數套車馬。這時，民間鬧蝗災，又逢乾旱天氣，糧食歉收，跟隨的官員衹好以棗、菜爲食，而各個將領又各屬于不同的派別，所以從上到下都非常混亂，糧食早已經吃完。楊奉、韓暹、董承便請皇帝回到洛陽。出了箕關，走過軹道，太守張楊帶着糧食在路上迎接皇帝一行，皇帝便封張楊爲大司馬。這件事被記載在《張楊傳》中。皇帝進入洛陽以後，衹見宮殿全部都被燒毀，街道荒廢而且長滿了雜草，百官衹好屈膝拔除荊棘亂草，暫時在土堆斷牆旁邊安頓下來。地方上，州郡長官都擁兵自立，沒有一個願意來保護皇帝。飢餓窮困越來越嚴重，官職在尚書郎以下的官員都要親自出城上山砍柴、采摘野菜，有的官員竟然餓死在斷牆破壁之間。

原文 **太祖乃迎天子都許。暹、奉不能奉王法，各出奔，寇徐、揚間，**

《英雄記》曰：「暹失奉勢孤，時欲走還并州，爲杼秋屯帥張宣所邀殺。」

馬騰

馬騰，字壽成，扶風茂陵人，是後漢將軍馬援後代。馬騰于漢靈帝末參軍，由于身長力大，性格寬和，待人誠懇而備受愛戴，後屢立戰功，升至軍司馬。

爲劉備所殺。董承從太祖歲餘，誅。建安二年，遣謁者僕射裴茂率關西諸將誅傕，夷三族。汜爲其將五習所襲，死于郿。濟飢餓，至南陽寇略，爲穰人所殺，從子繡攝其衆①。才、樂留河東，才爲怨家所殺，樂病死。遂、騰自還涼州，更相寇，後騰入爲衛尉，子超領其部曲。十六年，超與關中諸將及遂等反，太祖征破之。語在武紀。遂奔金城，爲其將所殺。超據漢陽，騰坐夷三族②。趙衢等舉義兵討超③，超走漢中從張魯，後奔劉備，死于蜀。

注釋

①從子：指侄子。②坐：因親屬犯罪而遭到連坐。③義兵：這裏指幫助朝廷鎮壓叛亂的地方武裝。

譯文

曹操迎接獻帝在許昌建都。韓暹和楊奉不執行王法，都各自逃跑了，他們率軍在徐州、揚州一帶地區燒殺搶掠，後來被劉備殺掉了。董承追隨太祖一年多，後被殺掉。建安二年，朝廷派遣謁者僕射裴茂率領關西各個戰將把李傕除掉了並且滅掉了他的三族之內的親人。郭汜被他的部將五習偷襲，死在郿縣。張濟因爲沒有東西吃，到南陽一帶燒殺搶奪，被穰人殺掉了，侄兒張繡統帥了他的軍隊。胡才、李樂留守河東郡，後來胡才被他的仇人所殺害，李樂病死了。韓遂、馬騰各自率軍回到涼州，過了不久兩軍又互相攻擊。後來，馬騰進了朝廷做了衛尉，他的兒子馬超統帥了他的軍隊。建安十六年，馬超和關中諸位將領以及韓遂率軍起來反抗朝廷，太祖親自征討叛軍並且攻破了他們。這件事被記載在《武帝紀》裏。韓遂逃到金城，後被他的部將殺害。馬超占據了漢陽，他的父親馬騰因爲此事受到牽連被滅了三族之內的親戚。趙衢等人組織義軍起來討伐馬超，馬超逃到漢中追隨了張魯，後來投奔了劉備，最後死在蜀地。